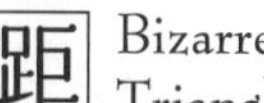

三角の距離は限りないゼロ 8

Bizarre Love Triangle

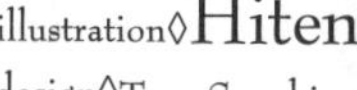

岬 鷺宮
Misaki Saginomiya

illustration◊Hiten

design◊Toru Suzuki

第三十九章
Chapter39

彼女と彼女

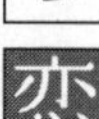

Bizarre Love Triangle

三角の距離は限りないゼロ

「矢野くんが、選んでくれた方が残ります——」

彼女が、僕にそう言う。

「矢野くんが、選ばなかった方が消えます——」

彼女が、僕にそう続ける。

そして二人は。

息を揃えて、僕に乞う——。

「——選んで？」

カーテンを揺らしながら、部室に春風が吹き込んだ。

首筋を走り抜ける、目覚めのような痺れ。小さく手が震える。気温は決して低くないのに、身体の芯から寒気を覚える。

——ああ、このときが来た。

打ち震えるように、そう実感した。

秋玻/春珂と出会ってから一年。

僕らの奇妙な三角関係に答えを出す。そのときがついに来たんだ――。

もしかしたら、全てはこの問いのためにあったのかもしれない。

どちらのそばにいることを願うか。どちらに恋をしているのか。

それを、こうして確かめるため。

見覚えのある景色が、脳裏をめまぐるしくフラッシュバックする。

部室の窓から見えたボールの放物線。

夕日に溶ける輪郭線や、瞳の向こうに渦巻く銀河。

彼女たちと眺めた景色。永遠に思えた一瞬。

その全てが、今ここに。この瞬間に収束していく――。

秋玻/春珂は、目の前でめまぐるしく入れ替わり続けていた。

デジタルノイズみたいに、瞬くように表情や仕草が入れ替わり続ける彼女。非現実的なその光景に、僕は一瞬夢を見ている気分になる。

けれど――、

「……ふう……」

――大きく息を吐いて、もう一度意識を自分に引き寄せた。

考えよう。

選ぼう。

全てがこの問いのためにあったように、僕だって準備をしてきたはずなんだ。

以前の僕だったら取り乱しただろう。突きつけられた選択肢を前に動揺し、自分を保つことさえできなかっただろう。けれど、今は違う。

須藤や修司、細野や柊さんや霧香。そして何より、秋玻と春珂。

みんなと過ごしたこの一年で、僕は変わった。

ついさっきまで抱いていた「自分はどういう人間なんだ」なんて問いも、今はもういい。

矢野四季がどういう人間であれ、やるべきことは変わらない。ただ、彼女が投げかけた問いに、ここにいる僕が正面から向かい合うだけ。

今、全てをここで閃かせたい。僕の持てる全てで、彼女たちと向かい合いたい――。

手探りで、もう一度自分の胸の内を探る。

そこにある【誰かへの感情】の形。それを、指先で確かめる。

確かに今も、僕の中には変わらない気持ちがあった。

相手を求める身も蓋もない欲求。甘やかな苦しみと痛み。

はっきりとその存在は感じ取れる、無視できないほど強く大きくなっている。

それは……間違いなく恋だった。

それでも、なかなか摑みきれない。それが誰に対するものなのか、僕には確信が持てない。

答えは水を泳ぐ金魚のように、指の間をするりするりとすり抜ける。

そして、改めて思い出す。少し前に見た夢。誰かに恋をしている感覚。それが、秋玻でも春珂でもない誰かに向けられていたこと――。

無数の思考が、頭の中を渦巻いている。

疑問はねずみ算式に増えていって、なかなかまとまってくれない。

そしてそこに――慌ただしい音が割り込んできた。

廊下で響く足音。大人数人分。

身構える間もなく、それは部室の前までやってきて、

「――矢野くん、開けるわよ！」

声とほとんど同時に、勢いよく扉が開かれる。

息を切らし、髪が乱れた千代田先生。と、その後ろ。二人の大人。

気弱そうな細身の女性と、大柄で豪快な印象の男性。

もちろん覚えている。水瀬家の両親――。

秋玻／春珂の入れ替わりがめまぐるしくなって、僕は即座に千代田先生に連絡を入れていた。

部室で話をしていた僕ら。それとは別に、おそらく校内のどこかで待機してくれていた先生。

すぐに来るだろうと思っていたけど、水瀬家の両親まで一緒であることに、改めてこれが緊

急事態であることを実感する。

「状況は⁉」

秋玻／春珂を手近な椅子に座らせ、千代田先生は切迫した声で尋ねてくる。

「もう、二人は……！」

「いえ……まだだと思います」

その声に、こちらにも緊張感が伝播した。

落ち着いてた心臓の鼓動が、わずかにテンポを乱してしまう。

「けど、もう入れ替わりがめちゃくちゃで、すごく不安定で……」

全員の視線が、改めて秋玻／春珂を向く。

椅子に腰掛けたまま、明滅するように入れ替わっている彼女たち。

非現実的な光景に、千代田先生と二人の両親は短く言葉を失う。

誰かのスマホが短く鳴った。千代田先生がポケットに手を入れディスプレイを確認し、

「……主治医の先生、準備ができたそうです」

「ならひとまず、診てもらいましょう」

秋玻／春珂のそばに膝をつき、水瀬父が千代田先生に言う。

「このままここでか、病院までもちそうか。ひとまずそれだけでも判断しましょう」

「ええ、そうですね」

短くうなずくと、千代田先生は秋玻／春珂に視線を向け、

「ねえ、立てる？　歩けそう？」

口をつぐんだまま、うなずく二人。

千代田先生は、わずかにほっとした様子で、

「よかった。お医者様が到着しているから、ひとまず保健室に向かいましょう。それ以降のことは、そこで判断で」

その言葉が合図だったように──帰宅の準備が始まる。

秋玻／春珂が椅子を立ち、水瀬母が机に置きっぱなしだった彼女たちの鞄を手に取った。

水瀬父が秋玻／春珂を手で支え、千代田先生が彼らを先導する。

──めまぐるしかった。

まるで、こうなることをずっと前から予見していたみたいな。何度もリハーサルを繰り返していたみたいな、流れるような展開。

そこで、ようやく僕は我に返った。

「……あ、あの！」

散々迷ってから──ようやくそう口に出す。

「何か……僕に、できることはないですか」

そう言うので、精一杯だった。

本当は、言いたいことも尋ねたいことも山ほどあった。

まだ、二人に答えを伝えられていない。これからそのための時間はあるのか。

二人はどうなってしまうのか。病院までもつ？　もたなかったら、どうなるんだ？

――けれど。

今、そんなことを言っている場合なのかがわからない。

大人が三人も緊迫している状況で、どこまで自分のことを主張していいのかわからない。

「……ごめん、ひとまずは待機で」

そんな僕の気持ちを察しているのか。

額に汗を浮かべ、悔しげに口元を歪め千代田先生は言う。

「状況確認して、すぐに報告するから」

「……わかりました」

言えることは、それだけだった。

これ以上、ここで僕が我を通すわけにはいかない。

秋玻と春珂が素直に従っていることも、その考えを後押しする。

けれど――どうしても一言。

もう一言、彼女たちに伝えておきたくて、

「ちゃんと、考えるから！」

連れられて部室を出るその背中に、僕はそう呼びかけた。

「二人のこと考えて、答え用意して待ってるから！　また、あとで！」

こちらを振り返る、秋玻(あきは)／春珂(はるか)。

彼女たちはノイズみたいに入れ替わりながら、小さくほほえみ返し、

「ま」「たね」

そう口にすると、千代田(ちよだ)先生たちに連れられて、部室を出て行った。

＊

──崩れ落ちるように、椅子に座り込んだ。

廊下の向こうに足音が消えたあと。全身の力が抜けてしまって、僕はぐったりと背もたれに体重を預ける。

肺の奥から、深い深い息が漏れていた。

一人きり残されて。ようやく僕は、自分が限界まで頭をフル回転させていたことを実感する。

痺(しび)れるような身体(からだ)の弛緩(しかん)。今も頭に残っているぼんやりとした熱──。

……あれで、よかったのか？

空白になった頭に浮かぶのは、そんな疑問だった。

あっさりと先生たちに任せてしまった。突然現れた大人三人に、自分の答えも伝えられないまま秋玻／春珂を委ねてしまった。

本当は……引き留めるべきだったんじゃないか？

多少強引にでも、答えが出るまで待ってもらって、きちんとそれを彼女たちに伝えるべきだったんじゃないのか……？

そもそもの話……即答すべきだったのかもしれない。

彼女たちに尋ねられて、僕の気持ちを即答できれば本当はよかったんだ。

あんな風に最終局面で悩んだこと自体が、今思えばふがいない。こんなタイミングでこみ上げる、久しぶりの自己嫌悪。

窓の外は、普段と変わらない春の西荻の風景だ。そのあまりの『日常感』に、寄る辺ない気分になる。

何も知らない顔をして、世の中は今日もぐるぐる回り続けている。

世界は薄情だ。どんな願いにも希望にも、決して寄り添ってくれない。

無性に憎くなる。絶対的なその隷属に、嫌気がさしてしまう。

それでも——。

こうして見る景色はやっぱりどうしてもきれいで。いつの間にか無心で眺めてしまう淡い色合いで。本当は自分にできることなんて、ほとんどないんじゃないか、なんて僕は考える。

しばらく放心していると――、

「……っ！」

――ポケットの中でスマホが震えた。

飛び跳ねるようにして椅子から立つ。画面に指を走らせる。

ついさっき落として、ヒビが入ってしまった画面。どうやら、貼ってあるガラスフィルムだけでなくディスプレイ自体にダメージが入ったらしい。……まあ仕方がない。動作はするから、修理とかそういうのは後回しだ。

千代田百瀬『ひとまず、担当のお医者様に診てもらったわ』

届いていたのは、千代田先生のそんなラインだった。

そして、短い間を開けて、

千代田百瀬『明日の朝一の飛行機で、北海道の病院へ向かうことになった』

千代田百瀬『数日は持ちこたえそうだけど、もう東京にはいられないそうよ』

四季『そうですか』

四季『ありがとうございます、あの』

四季『二人が僕と話をする時間はありそうですか？』
千代田百瀬『相談してみるわね』
千代田百瀬『このあと少しなら、いけると思う』

千代田先生に礼を返信して、スマホをポケットに戻した。

――このあと少しなら。

つまりそれが、僕が彼女たち、秋玻と春珂に会える最後のチャンスなのだろう。

そこで、気持ちを伝えられるのか、あるいは伝えられないのか。

それによって、彼女たちの未来が変わる――。

もう一度、僕は二人のことを考える。自分は、どちらが好きなのか。秋玻と春珂、どちらに恋をしているのか。

けれど――不思議だった。

考えれば考えるほど、答えは遠ざかっていく気がした。

どちらかを選ぶことは、正解であると同時にとんでもない間違いである気がした。

その違和感が、さっきよりも一層強くなっている。考えること自体に、出所のわからない抵抗を覚える――。

ただ、会いたい、と思った。

こんな状況になってもなお、あるいはこんな状況になったからこそ。

僕は、彼女たちの顔を見たいと強く思った。声が聞けなくても、笑顔が見られなくても、そばにいられればいいのに。

——ふいに、控えめなノックの音。

「矢野くん、いるかな」

扉の向こうで声が上がる。ノックに似合わない野太い声。

びくりと身体を起こす。

この声は、この感じは——、

「秋玻と春珂の父です。ちょっと、入ってもいい？」

「あ、は、はい！」

声が裏返ってしまった。しまった、考え事に集中していて、気配に気付いていなかった。

あわてて髪やら服装やらを直していると扉が開き、秋玻／春珂のお父さんが……確か、水瀬岳夫さんが、身をかがめつつ部室に入ってくる。

「やあ、さっきはバタバタとごめん。挨拶遅れたね。こんにちは」

「ええ、こんにちは……」

返しながらも、じっとその姿を眺めてしまう。

……何度見ても、インパクトのある外見だった。

おそらく百九十センチ近い長身に、丸太のような太い腕。短く刈られた髪と、理知的さと豪快さが共存している優しそうな顔。開業医をしていると聞いていたけれど、むしろ漁師でもやっていそうな風貌……。

……改めて、不思議な気分になる。

この人が、あの秋玻と春珂のお父さんなんだよなあ。

顔も体つきも雰囲気も、似通ったところを一つも感じないけれど……本当に家族で、同じ苗字で、実際同じ家で毎日暮らしているんだ。

彼は部屋の中を見回すと、

「……座ってもいいかな？」

「ああ、ええ、もちろん」

うなずくと、岳夫さんはいつもは秋玻／春珂が使っている椅子にどっかと腰掛ける。

普段より小さく見えるそれが、聞いたことのない音を立てて軋んだ。

彼は言葉を選ぶように、しばらく視線を床に落としてから、

「……千代田先生に、状況は聞いている？」

「ええ。ざっくりとですが、さっきラインで伺いました」

「そうか。うん、一応は安定したよ。すぐにどうこう、ではないらしい」

「ですよね、よかったです」

「だね。だから……うん」

と、岳夫さんはこちらを見て、

「これを機に、少し話しておきたいと思って。矢野くんと」

「そう、ですか」

……なんだろう。何か、言っておきたいことでもあるんだろうか

こんなに面と向かって二人きりなのは初めてで、僕は鈍い緊張感を覚える。

同級生のお父さん。しかも、恋愛関係で色々あった秋玻／春珂のお父さんだ。

初対面ではなかったはず。確か夏頃、熱中症を起こした僕を介抱してくれたのがこの人だったし、それ以降も何度か顔は見かけてきた。けれど、対面で話をするのは完全に初めて。

硬くなる僕に、岳夫さんは風船が膨らむように長く深く息を吸い、

「君のことは、ずっとちょこちょこ耳に入ってたんだ。だから、ありがとう、秋玻と春珂を大切にしてくれて」

「ああ……いえ。むしろこっちこそ、いつも二人には助けてもらってました」

本当に、この一年二人には助けられっぱなしだった。

秋玻／春珂がいなかったら。あの二人なしで怒濤の二年生を迎えていたら、一体僕はどうなってしまっていただろう。

想像するだけでぞっとする。きっと、とんでもないことになっていた。

僕が僕でなくなって、こんな風に学校に来ることもできなくなっていたかもしれない。

「矢野くんをきっかけに、あの子らにも良い友達が沢山できたんだろう？　ほっとしたし、本当に助かったよ。入れ替わりながらの学校生活は、やっぱり心配だったからね」

「いやいや、それこそ、本人たちの努力の結果ですよ。僕がやれたことなんて、ほんの少しだけで……」

「そんなことないさ。だって」

と、岳夫さんは視線を落とす。

そして、どこか寂しげな微笑をその頬に浮かべ、

「こんなときにまで、君はあの子たちのそばにいてくれたじゃないか」

——こんなときにまで。

ああ、とその言い方で彼の気持ちが理解できた気がする。

低い声に滲んでいる感謝と、そしてほんのわずかの、悔やむようなニュアンス。

この人は……ふがいなく感じているのかもしれない。

自分の娘、その人格の問題。そこにこの人が、どれくらい関われていたのかはわからない。親としてすべきことはしていただろうし、実際岳夫さんは医師でもある。二人が大きな問題を抱えながらも、普通の高校生として過ごせていたのはきっとこの人のおかげなんだろう。

それでも——二人の問題は。

秋玻／春珂の問題は、概ね僕らの目の前で展開していた。

つまり、岳夫さんはその核心に、触れることができずにいた――。

「娘が年頃になると、そうなんだなあ……」

友人にでもぼやくように、岳夫さんは言う。

「これまでは、何でも頼ってくれたんだよ。うれしいことも困ったことも、全部相談してくれた。施設や病院や学校で、何があったかも話してくれた。けど、この高校に入ったくらいからだな……ぱったり、そういうのが止まってね」

「……そうだったんですか」

「実春さんとも……あの子の母親とも話したんだ。秋玻と春珂も、年頃の女の子になったんだなって。もう前みたいな、幼い子供じゃないんだなって。しかも実春さん、『きっと好きな人ができたんだ』なんて言い出すんだよ。実際言われてみると、そんな風に見えてな。言動の端々から、好きな男子がいるのがわかる気がして。だからもう、不安で不安で」

自嘲するように、岳夫さんは笑う。

「相手がどんな男子なのかとか、その子は二人の人格のことをどう思ってるのか、とか。無限に心配事が生まれてな。ああ、世の過保護な父親はこうやって生まれるのかと実感したよ。自分がそうなるとは、夢にも思っていなかったけど」

なんとなく、釣られて笑ってしまった。

いいお父さんだな、と思う。

心の底から秋玻／春珂を大切にしている、優しくて頼りがいのあるお父さん。

「だから……君でよかった」

観念するように、岳夫さんはそう言う。

「こんなに頑張って、あの子たちに寄り添ってくれるなんてな……。そこまでしてくれる君で、本当によかったよ。きっと、俺には与えられないものを、あの子たちに沢山くれたんだと思う」

そんな大それたことをしたとは、思えなかった。

僕はただ、必死で彼女の隣に立とうとしていただけ。実際立てていたかは怪しい。

それでも、岳夫さんにそう言われて、少しは意味があったのかもしれないと思う。僕は、彼女たちの存在に、少しでもプラスを与えられていただろうか。

「だからきっと、二重人格が終わっても、大丈夫なんだろうと思えるよ。これから何が起きるかはわからないけれど、うん。きっと、あの子にとって悪いようにはならないだろう」

「……そうですね。そうであって欲しいですし、そのためにも……自分のすべきことは、しようと思っています」

「ありがとう」

言うと、岳夫さんは椅子の背もたれに体重を預けた。

さっきまでよりもリラックスした雰囲気。

言おうと考えていたことは全て言い切ったのかもしれない。

そして彼は、これまでよりも人なつっこい顔で苦笑し、

「あとはまあ……いざこうなると、寂しいもんだなあ……。どうなるにしても、秋玻／春珂とのこれまでの暮らしは、できなくなるわけで。覚悟はしていたつもりでも、それでもなあ……」

「ああ、それは僕も思います」

「春珂はな、強い子でなあ……」

思い出すようにして、岳夫さんは目を細める。

「うちの院、前は結構殺風景で、居心地悪かったらしいんだよ。それをあの子に怒られて、子供からお年寄りまでいやすいように改装のアイデアをくれて……。うん、そういう子が秋玻のそばにいることは、本当に大事だったんだろうし……俺にとってもありがたかったよ、真っ向から、若い感性で意見をくれるのは」

……聞いていて、胸が詰まりそうになる。

言葉だけ見れば、結婚前に娘のこれまでを思い出しているようにも聞こえる。

けれど——現実はそうではない。

秋玻、春珂のどちらかが消える。きっとそのことは、岳夫さんも理解しているだろう。

だから彼は今、もう会えなくなるかもしれない娘のこれまでを、一つ一つ拾い上げるように

して思い出している。

「秋玻は、こっちが不安になるほど真面目でな……」

つぶやくように言う岳夫さん。

そんな彼から、僕は目を離せない。

「だからこそ、なんというか……一人の人間として、尊敬してしまうところもあってな。責任感とか、正義感とかそういう部分で。俺は結構、雑にやっちゃうところがあって、だからうん、勉強させてもらったよ、秋玻には……」

——そして彼は。

岳夫さんは、本当にひとりごとのような口調で、

「秋玻は……秋彦さんに、なりたかったんだろうな……」

そう——つぶやいた。

「趣味も、考え方も服装も、全部そうだよな……。名前まで、『秋玻』だなんて……」

——反射的に、理解する。

それはきっと——二重人格の、根源の話だ。

幼い頃の彼女たちに何が起きたのか。

どんなことがあって、何を願って、二重人格になってしまったのか。

その答えに、通じる話——。

尋ねてみようか、とも思う。あの子の人格が分かれた経緯、理由、全てのことを。

けれど——、

「……あの」

「ん……？」

「……ああ、いえ。すいません、何でもないです」

——僕は首を振って、喉元まで出かかっていた問いを取り消した。

岳夫（たけお）さんは不思議そうな顔をしているけれど、やや間があってから何かを理解したようにほほえんだ。

彼女たちに、聞きたいと思った。

きっとそれは、大切な話だ。

秋玻（あきは）／春珂（はるか）のプライベートの中でも、もっとも繊細で奥まった場所にある話。

ならそれを、僕は本人たちから聞きたいと思う。いつになってもいい、ずっと先の未来のことでもいい。彼女たちの口から、聞きたいと思う。

——ふいに岳夫（たけお）さんがスマホに目をやる。何か連絡が来たらしい。

彼は短く画面を眺めてから、

「準備ができたそうだ」

こちらを向くと、優しい声で言った。

「秋玻と春珂が、君と話す準備がね」

「……はい」

うなずいて、僕は椅子の上で姿勢を正す。

「大変な場面を任せて、重ね重ね申し訳ない」

岳夫さんはそう言って、こちらに深く頭を下げてみせた。

そして、顔を上げ真っ直ぐこちらを見ると――、

「どうか――二人のことを、よろしくお願いします」

僕は一度、大きく深呼吸してから。

改めて、視界と意識がクリアになるのを感じながら、岳夫さんにはっきりとうなずいてみせた。

「ええ――任せてください」

＊

「──ごめんなさい、バタバタしちゃって」

そんなことを言いながら、部室にやってきたのは──意外なことに、秋玻だった。

彼女はいつも通りの手つきで静かに扉を閉め、しずしずと部屋の中へやってくる。

「あんまり遅くまで、っていうわけにはいかないけれど、次の予定は明日の朝だから……うん、ここからは、ゆっくりは話しても大丈夫だって」

はっきりと、僕の知る彼女だった。

ついさっきまでのような、激しい入れ替わりは一旦なりを潜めて、一貫した口調と仕草。真面目で理知的な、秋玻らしい佇まい──。

「入れ替わりは……落ち着いたの？」

それに驚いてしまって、僕は窓の外を眺める秋玻に尋ねた。

「もうあのまま、ずっと入れ替わりまくる感じなのかと思ってたんだけど……」

だから、覚悟していたのだ。

もう、二度と「秋玻らしい秋玻」「春珂らしい春珂」には会えないのかもしれないと。

すでにもう、二人は引き返せない場所に行ってしまったのかと──。

けれど、

「……うん、本当に一旦、って感じだけど」

秋玻はそう言って、苦笑する。

「大きくバランスが崩れて、グラグラってしちゃったけど……いつもの処置を一通り試して、何とかちょっと落ち着いたみたい」

「そうか……よかった。まあじゃあ、一応これまでみたいな入れ替わりに戻ったんだな……」

「だいたいそうだね。十分くらいで入れ替わっちゃうから今までよりずいぶん早いのと、そのうえまだどんどん短くなるから……またすぐに、さっきみたいになっちゃうと思うけど。わたしの感覚では、落ち着いてるのは明日とか明後日とか……までかな」

「……そっか」

――まだどんどん短くなる。

その言葉に、僕の中の淡い期待がふっと消える。

それは、最初からあった大前提だった。二人の入れ替わり時間はどんどん短くなる。それがゼロになったときに二重人格は終わる――。

つまり今も、彼女たちは間違いなく終わりに向かって進んでいて、こうして話せるのも本当にあと少しだけなのだ。

「あとね、なんだかちょっと覚えてるの」

「……覚えてる？」

「春珂が出てるときにあったことを、わたしもなぜか覚えてる。逆も同じみたい。春珂にも、わたしの経験の記憶があるんだって」

「……へえ、そんなことがあるのか」

それは、予想外の話だった。

これまでは、徹底して二人の記憶は共有されずにいた。

だからこそスマホやノートでのやりとりが必須だったし、傍から見ていてもそれはずいぶんと面倒そうだった。

でも……確かにさっきの二人は、入れ替わりながら途切れることなく僕に話ができていた。

そうか、あれは、記憶が共有されつつあったから……。

「まあもともとが、わたしを守るためのことだったらしいから……」

なぜかちょっと恥ずかしげな顔で、秋玻は言う。

「ほら、もともとストレスに晒されたわたしを守るために、春珂が生まれてくれたでしょう？　だから、むしろ記憶が共有されない必要があったんだよ。あの子はあの子として行動して、全く別個の人間として生きることで、わたしを守ろうとしてくれた」

——岳夫さんに続いて飛び出した、二重人格の根源の話。

きちんとそれを理解したくて、僕は注意深く秋玻の言葉に耳を傾ける。

「けど……もう状況は、変わったよね。わたしはストレスに晒(さら)されていないし、春珂(はるか)もわたしを守る必要がない。そのうえ、こんなに入れ替わりが早くなったら……むしろ記憶が共有されない方が、危ないでしょう？」

「ああ、それはそうかもしれないな……」

めまぐるしく意識が入れ替わる上、物事は急速に展開している。

そのたびに秋玻(あきは)、春珂間(はるかかん)で情報を共有していてはキリがないし、身を守るためにも、もはや記憶を分けているわけにはいかないのかもしれない。

「だからね……」

と、そう前置きしてから。

秋玻(あきは)はちょっといたずらにほほえんで、

「ちょうどいいかも、実際に見せるね」

そう言って、短くうつむく。

そして——入れ替わりに春珂が顔を上げると、

「ほらね、こんな感じで」

どこか得意げに、こちらに笑ってみせる。

「ちゃんと、話の続きができるんだ！　便利でしょ？」

「おお、ほんとだ！」

なんだかそれが新鮮で、思わず声のトーンが上がってしまった。

秋玻、春珂とシームレスで会話ができる。

これまで何度も夢見てきたけれど叶わなかったことが、今こうして現実になった。

春珂が言うとおり便利なのもあるし、それ以上に不思議な感慨がある。

「ふふふ……」

そしてなぜか、春珂は意味ありげな笑みをこちらに向けている。

「でもこれで、秋玻にだけ内緒とか、わたしにだけ内緒とかできなくなったね〜」

「ああ、まあそうだな……」

「だから矢野くん、これはからは気を付けようね。これまでみたいに、内緒でちゅーしたりすると、秋玻にもバレちゃうからね……」

「いやいや、そんなことしてないから。秋玻も信じるなよー。内緒でとか、してないからなー」

言って、二人で笑い合う。

そのことにも、僕はなんだか切なさを感じてしまう。

僕と春珂は、あとどれくらいこうしていることができるんだろう。

あと数日なんだろうか。それとももっと、ずっと長い時間そうすることができるんだろうか。

——そろそろ決断しなければいけない。

僕は、僕の答えを決めなければいけない。

「……さて、矢野(やの)くん」

ひとしきり、話をして笑い合ってから。
春珂(はるか)が改めて、僕の方を向く。

「そろそろ……答えを聞かせてくれるかな？」

そして——彼女は小さくうつむき。
顔を上げた秋玻(あきは)が、僕に尋ねる。

「矢野(やの)くんは……どっちを選ぶの？」

——ずっと、そのことを考えていた。
二人が連れていかれている間も、岳夫(たけお)さんと話しているときも。
二人がこの部屋に戻ってきてからも、こうして話をしながらも。
いや、それだけじゃない。ずっと、二人に出会ってから僕は考えていたんだ。

彼女たちは、僕にとって何なのか。

秋玻という女の子は、春珂という女の子は——僕にとって、どんな存在なのか。

——そして今。

僕は、もう一度彼女たちを前にして——違和感は確信に変わりつつあった。

二人の中から選ぶこと。どちらを好きなのか、決めてしまうこと。

それが、正しい選択であるようには、どうしても思えない——。

ふと、思い出す。少し前、解散会の相談をしたときに霧香に言われたこと。

あの日、彼女は「どちらを選ぶのも違う気がする」と言っていた。今の僕には、その感覚がよくわかる。

恋をしているのは間違いない。

僕は、目の前にいる女の子に恋をしている。

けれど——秋玻、春珂。

そのどちらかを選ぶことに、僕は今、強い違和感を覚えている。

じゃあ——と、秋玻の視線を受けながら思う。

僕は、どうするのがいいんだろう。

この関係をどう考えて、どんな風に彼女たちに伝えるべきなんだろう。

それが、わからなかった。

もう少しで手が届きそうな答え。指先にそれが触れている感覚もある。けれど、まだ僕はそれを摑むことができていない――。

――と、秋玻がうつむいた。

「まあ、真剣に受け止めてくれるのはうれしいんだけどね……。大丈夫？　ちゃんと答え出せそう？」

ちょっと呆れたような口調で、春珂が笑う。

「……矢野くん、めちゃくちゃ考えてるねー」

短く間を開けて、春珂が顔を上げて、

「……うん、ごめんな、待たせて」

そうか……もう考え始めて十分も経っているのか。

確かにそれは、春珂だって呆れもするだろう。

「でも、うん……もうちょっとなんだよ、もう少し、考えさせて欲しいんだ……」

「そっか。うん、それでもいいよ……」

言って、春珂は手近な椅子に腰掛けた。

そして、切なげに目を細めて窓の向こうに目をやると、

「……どうせ、最後の時間なんだからさ」

自分に言い聞かせるように、そうつぶやいた。

「わたし、消えるかもしれないし。秋玻が消えるのかもしれない。どっちにせよ、最後だもん。待ってるよ……」

——覚悟の決まったような声色。

全てを受け入れているような、春珂の表情。

けれど——不安がないはずはないだろう。そんな彼女の未来を自分が握っていることに、僕はもう一度自分の置かれている立場を再認識する。

「……もっと色々、したかったなあ」

ふいに春珂は、そんなことを言い出した。

「普通の高校生になって、初めてできたことが沢山あって、すごく楽しかった。けど……まだまだもっとやりたいこともあったんだ。そういうの、ちゃんと全部やっておきたかった……」

「……そっか」

なんとなく、その話は気にかかる。

「たとえば、どういうことがやりたかったんだよ?」

「たとえばかあ。えっとね……まずはお花見?」

春珂は、少し考え明るくそう言う。

「ほら、去年は皆と仲良くなった頃にはとっくに桜は散ってたでしょう? 逆に今は、ちょうど咲きそうだけど、わたし自身がこんな感じだし……」

むーん、とでも言いそうな表情で春珂は口元をへの字にする。

「だから、うん。一度してみたかったなって……」

「なるほど、確かになあ……」

秋玻、春珂と友人を誘って花見。

確かにそれは、楽しそうだった。想像してみて、もはやそれが叶うことのない光景であることに、胸がきゅっと苦しくなる。

「あとは、夏にバーベキューもしてみたかったし、そうだ、海！　海にみんなで泳ぎに行きたかった！　で、水着で矢野くんドキドキさせたかったなあ……。あのね、伊津佳ちゃんにすごく褒められたから、わたしちょっとだけ、スタイルには自信があってさ……」

――他にも、春珂はつらつらと願いを口に出す。

一緒に星を見に行きたかった。

受験勉強をみんなでしてみたかった。

部活にチャレンジしてもよかったかもしれない。

体育大会ももっと頑張りたかった。

好きなアーティストのライブも興味がある。

そして――、

「――ああ……地元……」

――春珂は、そう言って遠くを見る。

「矢野くんを、地元の街に連れていって、案内したかったなあ……」

――二人の地元。

遠く北海道の宇田路市。

これまで何度も耳にしていた、長閑な観光地。

「思い出の場所が、一杯あるんだあ。よく本を買いに行ったお店とか、家族で花火を見に行った港とか、おいしいお寿司が食べられるお店とか、通ってた小学校とか……」

その一つ一つを思い出すように、愛おしげに春珂は宇田路の街の、好きな場所を口に出していく。

「本当に、大好きな街なの」

辛いこともいやなことも、大変なことも沢山あったけど……大切な街。

それだけ言って――春珂はうつむく。

そして、代わりに秋玻が話を引き継いだ。

「……わたしも、春珂と同じ気持ちね」

夢見るような声色で、秋玻は言う。

「何度も想像してきたわ。三人で、矢野くんとあの街を歩くところを。わたしたちの大切な景色の中に、一緒にいるところを。どれだけ幸せだろうって思った。矢野くんは、どんな顔してくれるだろうって思った。けど……」

秋玻は――その目をこぼれそうに潤ませ。

何かをぐっとこらえるような表情で、視線を落とした――。

「もう、それも叶わないのね……」

その表情に。目の前の景色に、酷く胸が痛んだ。

叶わないことは沢山あったんだろう。諦めたことも沢山あったんだろう。

人格が入れ替わり続ける中で、やっぱりできることとできないことは生まれてしまう。

受け入れているとは言え残念なことに変わりないだろうし、心残りもあるはずだ。

そしてその中でも、二人が特に強く望んでいたこと……。それが、僕と三人で、宇田路に行くことだった――。

――頭の中に思い描く。

北海道の小さな町、レトロな街並みを三人で歩くところ。

彼女たちの思い出の地を、一つ一つ訪れるところ。

そこにいる、秋玻と春珂の姿。

潮風に吹かれる髪と、彼女たちの表情――。

そんな景色を見ることができれば。そんな時間を過ごすことができれば。僕は、僕らは――。

「――行こうか」

――気付けば、そう口にしていた。

「――行こうよ、北海道」

「……え？」

秋玻(あきは)が、目を丸くしている。

「行く？　北海道……？　どういうこと……？」

僕の言うことが全く理解できていない表情だ。

それもそうだろう。この提案はあまりに大胆で――どうしようもなく、突飛なものだ。

「今から行くんだよ」

僕は、彼女にそう続ける。

「僕と、秋玻(あきは)と、春珂(はるか)の三人で――今から宇田路(うたろ)に向かうんだ。飛行機でも、新幹線でも他の方法でも何でもいいよ。地元の街を、歩きに行くんだよ」

――それは、ごく自然な決心だった。

秋玻(あきは)と春珂(はるか)がそう言うなら。今の二人が本気でそれを望むなら、迷ったりためらったりする必要は一つもないはずだ。

行けばいいんだ。三人で――北海道に。

――ようやく、言っていることが理解できたらしい。

秋玻は酷くうろたえた様子で、

「え、で、でも……」

としどろもどろに言う。

「わたしたち、明日には朝一で空港に向かわなきゃいけなくて……そんなわけには……」

「向かう病院は、宇田路にあるんだろ？」

強引さを自覚しつつ、僕は尋ねる。

「だったら、朝一で行くよりも今から向かう方が、むしろいいだろ」

「そうかも……しれないけど」

――そんな風に、酷く動揺したせいかもしれない。

まだ十分経っていないのに、秋玻は春珂に入れ替わり、

「で、でももうみんな、準備してくれてるし！　何があるか、わからないし！」

それも、ごもっともな発言だった。

今も校内では、千代田先生や秋玻／春珂の両親、医療関係者が、この話の終わりを待っている。明日地元に帰るまで、それ以降の段取りだってしっかり組まれているはずだ。

でも、

「僕がついているから」

僕は精神論にすらなっていない理屈を振りかざす。

「僕が、秋玻と春珂をずっと見てるから。何かあったら、すぐ大人に連絡する。無理はしないし、絶対にさせない」

そして——僕は自分の気持ちを。

胸に芽生えてあっという間に成長していくその願いを、彼女に伝える。

「どうしても——君とそこに行きたいんだ」

「三人で、その街を歩きたいんだ」

「最後の願いを、叶えたいんだ——」

そうしたいと、強く思った。

無責任なのは自覚している。我ながらあまりにめちゃくちゃだ。

けれど——ふと思い出したのだ。

霧香が、僕に言った言葉。『あなたは身勝手なガキだ』。

未だにその言葉を、僕は上手く受け入れられていない。けれど事実、彼女には僕がそう見えたのだろう。

思い返してみれば、実際僕は彼女に身勝手な行動を取ることがあった。そんな一面が、確かに僕の中にある。

ならば——今それを発揮したいと思った。

沢山の人に迷惑をかけるだろう。心配だってさせるだろう。

岳夫さんにとってみれば、これは裏切りになるのかもしれない。

それでも、今は自分たちだけの願いを優先させたい。

僕のために、秋玻のために、春珂のために。

全てを捨ててでも——願いを叶えたいと思った。

じっと目の前の彼女を見つめる。僕の気持ちが通じるよう、強く思う。

そして、それが届いたのか、ずいぶんと長い間を開けてから——、

「——うん」

——僕の前で彼女がうなずいた。

その表情にありったけのうれしさと、切なさを浮かべて——。

目にはこぼれそうな潤いを、頬には笑みをたたえて。

彼女は——僕にこう言った。

「——行こう、矢野くん！」

第四十章

Chapter40

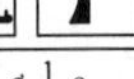

【空(から)の小説】

Bizarre Love Triangle

三角の距離は限りないゼロ

窓の外を、暮れかけた街が流れていく。

新幹線が東京を出てしばらく経ち、大宮駅を過ぎた辺り。

僕は窓枠に肘を突き、ぼんやりと景色を眺めていた。

暗がりに光を投げかけるチェーン店の看板と、見知らぬ人を乗せ国道を走る車たち。

坂の途中にある古びた公園と、そのすぐそばにある小さな木立。

そして――そんな街を、質量ゼロで優しく覆っている黄昏の暗闇。

何の変哲もない、日本の住宅街だった。

ここ以外にも、無数にあるであろう『誰かの地元』。

けれど――今の僕にはそれが無性に懐かしく思えて。

そこに生まれ育った僕や秋玻、春珂が通りのどこかから出てきそうな気がして。景色全てを、この目に焼き付けておけたらなんて思う。

「――あ、予約取れたよ！」

隣の席で、スマホをいじっていた春珂が声を上げた。

「新函館北斗の、駅前のホテル！　よかったー、これでもし一杯だったら凍死してたよ……」

「おお、ありがと」

言って、僕は車窓から春珂に視線を移した。

「僕そういう予約とかしたことなかったから、助かるよ……」

「えへへー、まあわたしは慣れてますからね。家族旅行も診察で北海道行くときも、泊まるとこの予約はわたしの役割だったから！」

「おー、さすがベテラン」

会話のついでに新幹線の車内を見回す。

乗客は僕らの他に数人ほどしかいないようだった。ちょうど夕食どきなこともあって、そばの席に座る外国人男性が弁当を広げ始めている。後方の席では、出張に向かうのかその帰りなのか、スーツを着た四十代くらいの男性が、すでに二本目の缶ビールに手を伸ばしていた。

なんとなく、不思議な景色だった。

真新しく現代的な車両の中で、繰り広げられている生活感のある営み。

そのミスマッチが、奇妙であると同時になんだかほほえましくて、どこに行ってもどんな風に時代が進んでも、きっと人は大きくは変わらないんだろうな、なんてことを考える。

それに……うん、僕もお腹が空いたな。

今夜の目的地である新函館北斗に着くのは午後十時少し前の予定だ。

まだまだ到着までは時間があるし、この辺りで、夕飯を食べてしまってもいいかもしれない。

――『三人で北海道へ行こう』。

秋玻／春珂にそう言ってから、すでに三時間ほどが経っていた。

突発的な思い付きで、彼女たちもそれに同意してくれて……けれど、こうして実際に北海道に向かうまでには、やはり大変な思いをすることになった。

僕らはただの高校生三人組。

しかも、そのうち二人は入れ替わりの激しい二重人格で、もう一人はついさっきまで「自分が誰だかわからない」なんて言って性格が安定しなかったんだ。

正面から大人に交渉をしても、三人行動なんて許可されるはずがない。

となると――隠れて行動するしかない。大人に内緒で、こっそり北海道へ向かう。

――僕らは静かに行動を開始した。

まず、何にせよ学校を抜け出す必要がある。正門の方には教師や病院関係者がいるようだったから、こっそり昇降口で靴を回収して、裏門から学校の敷地を出ることにした。

まず、これがめちゃくちゃ緊張した。

足音を忍ばせてそっと校内を移動する。千代田先生や秋玻／春珂の両親がどこにいるかわからない中、手に汗を握る隠密行動だった。

最終的に、誰にも見つからず裏門を出て住宅街の中に紛れ込むことができたときには、お互い小さく喜びの声を上げてしまった。

ひとまず――学校からの脱出は成功だ。

ただ……僕らは決して大人たちを困らせたいわけでも、過剰に心配させたいわけでもない。

十分に学校を離れてから、僕は両親と千代田先生に、秋玻/春珂もご両親に、ラインでメッセージを送っておいた。

『三人で北海道へ向かいます』

『心配かけてごめんなさい』

『必ず無事に、宇田路に着くから』

──すさまじい勢いで着信が鳴った。

僕のところには千代田先生と両親から。二人のところには岳夫さんから。

当然だろう。心配されるだろうし許されるはずがない。きっと激怒している。

けれど、今さら止まるわけにはいかないんだ。僕はそれを全部スルー。ラインの通知をオフにし、秋玻/春珂は短く通話に出ると「絶対に、ちゃんと宇田路に着くから」とだけ伝えて話を打ち切った。

西荻駅に向かいながら、三人でその後の計画を練った。

まずは、

「とにかく、服を一式買わないと!」

というのが春珂の主張だった。

そしてそれに秋玻が、

「制服のまま夜中に歩くのは危ないでしょう」

と続ける。

「それに、北海道はまだ雪が残ってるから、この格好じゃ凍えちゃう」

「え、マジかよ。北海道、雪残ってるのかよ」

それは、完全に想定外だった。四月なのに、まさかまだそんなに寒いなんて。

ただ、この二人が言うなら間違いないだろう。そうなると、服一式と防寒着が必要になる。

悠長に買い物している時間はない。僕らは新宿駅まで出ると、駅ナカにあるファストファッションのお店で服を買いそろえた。シンプルな上下の服と、その上に羽織ることができる軽めの防寒着。

ちなみに……代金は、銀行のカードを持っていた秋玻／春珂が預金を下ろして払ってくれた。こんなことになると思っていなかったから、僕は手持ちも少なくカードもない状態だった。申し訳ない……。もちろん、全てが終わったらきちんと返すつもりだ。

それから、買い物しながら話題になったのが、交通手段だ。

「そうだ、飛行機予約しないと」

薄手のダウンを試着しながら、春珂がそう言う。

「羽田から新千歳の。多分この時期と時間帯だし余裕あると思うけど、早めに押さえなきゃ」

「ああ、そうだな」

うなずきながら、けれど僕はちょっと引っかかりを覚える。

北海道に、飛行機で移動……。まあ、そりゃそうなるだろう。自然な流れではある。

けれど……、

「飛行機だと、何時間くらいで着くんだろう？」

「ん、どうだろ。羽田まで一時間くらいで……飛行機で一時間半。空港から宇田路まで……一時間半で……乗り換えとか入れたら、五時間くらいかなあ」

……なるほど。五時間。つまり、今夜午後十時前には宇田路に到着することになる。

確かにまあ、悪くない。悪くないけれど、少しもったいない気もした。

だから、

「……新幹線で、行ってみないか？」

少し考えて、僕は春珂にそう提案した。

「え、し、新幹線!?」

周囲の客が驚いた様子で彼女を見て、春珂はあわてて口元を押さえる。

春珂が素っ頓狂な声を上げる。

「新幹線って、飛行機使わないってこと……!?」

「そう。今って、東京から北海道まで新幹線で行けるだろ？」

「え、う、うん……行けるけど……」

「だから、それでどうかなって」

「う、うーん。どうなんだろうね、わたしは一回も乗ったことなかったかも……」

春珂は一度ダウンを脱ぐと、それを胸の辺りでぎゅっと抱いて、

「確か、値段的には飛行機とそんなに変わらないんだけど、結構時間かかった気がするかも……新幹線だけで、北海道着くのに四時間とか。そこから宇田路までも、結構かかるはず……。終電考えたら、一泊して明日宇田路着、とかになるような……」

「ああ、やっぱりそうなんだ」

思った通りだ。

だから、僕はもう一度うなずいて、

「それくらい、ゆっくり向かわないか？　もちろん、向こうで色んなところに連れていってもらいたいけど……そこに着くまでの過程も。春珂と秋玻と、北海道に向かう過程も、楽しみたいって思うんだ」

——全ての経験が、大切なものになるのだと思う。

これから、秋玻／春珂と過ごせるほんの短い時間。その全てがかけがえのない、忘れられないものになるはずで……だったら、効率やコストパフォーマンスは後回しだ。どうすれば、その時間をじっくり味わえるか。することに意味を見いだせるかを、考えたかった。

だとしたら、僕は手に触れて感じ取りたい。

彼女たちが過ごしていた街と、東京の距離。それを、飛行機で一足にまたいでしまうのでは

なく、電車という非効率な手段で。確かめるように味わいたかった。その二つが地続きであることを、身体で理解したかった。

「そっか……」

うなずいて、春珂は考え込むように視線を落とす。

気持ちは理解できたけれど、まだ決心しきれない様子。

まあ、そりゃ不安になることもあるだろう。だから僕は、スマホで路線検索して、

「今調べたら、新幹線で向かうと明日の午前中には宇田路に着くらしい」

いつの間にか、春珂から入れ替わっていた秋玻にそう伝える。

「それだと、街を見て回る時間はないかな？」

「……ううん、それは大丈夫」

僕の問いに、彼女はふるふると首を振ってみせた。

「何が起きるかわからないってことで、かなり時間には余裕を持ってあるから……。その日の夜に、病院に着ければ大丈夫だし……。見たいところは、見て回れると思う……」

「そっか。うん。じゃあやっぱり、僕は新幹線で行ってみたい」

僕は、改めて彼女に尋ねる。

「もしよければ、そうしない？」

「……そうね」

もう一度短く考えてから、秋玻はそう言って表情を崩した。

「そうするのも、楽しそうね……」

＊

――新幹線が仙台を過ぎると、窓の外はずいぶんと暗くなった。

日が沈んだのもそうだし、建物の数が大きく減って、見える灯りがまばらになった。

真っ暗な車窓の向こう、時折ポツポツと流れていく心許ない光。

その景色には、小さい頃に見た『銀河鉄道の夜』のアニメ映画を思い出して、悲しいような懐かしいような気分になる。

そして、いつの間にか抱いている同じ列車に乗っている人たちへの仲間意識。

真っ暗な東北を、一つの箱の中に入って僕らは移動している。無機質な車内灯に照らされ、スマホを見たり本を読んだり、眠ったりしている人々。

大雨の日の教室みたいに、そこには連帯感がたゆたっているような気がして、僕は改めて隣の秋玻に目をやった。

窓の外をぼんやり眺めている秋玻。

会話は、いつもよりも少なめだった。

お互いこの時間や景色をじっくり味わっていたこともあるだろうし、単純に、疲れていることもあるんだろう。

彼女は僕の視線に気付くと、小さく笑ってみせる。

「矢野くんの言うとおり、新幹線にして正解だった……。やっぱり飛行機って、慌ただしくなっちゃうから」

「よかった、そう言ってもらえるなら。なんだかんだ、時間かかりすぎで嫌にならないかって、心配だったから……」

「ちょっと、お尻は痛くなってきたけどね」

そう言って、秋玻はもう一度笑う。

そして、視線を窓の外へ向けると、

「けど、そうだよね」

その目に流れていく光を映しながら、つぶやくように言った。

「北海道と西荻の間には、こういう距離があるのよね――」

＊

「――お、おお……！　寒い……！」

「ね ー！　言ったとおりだったでしょー⁉」

予定時刻通りに、新幹線は終点、新函館北斗駅に到着した。

午後十時少し前。

青函トンネルの真っ暗な景色にも飽きて、そろそろ腰も限界に近づいていた頃だった。

僕は春珂と並んで車両を降り──空気の変化に、驚きの声を上げていた。

「うわ、マジか。こんなに気温違うのか！」

試しに息を吐いてみる。白い。

「もう完全に冬じゃん。そりゃ確かに、防寒具必要だわ……」

あわてて買っておいたダウンを羽織りつつ、辺りを見回す。

駅舎の外、すでに真っ暗な駅前にはところどころ雪が残っているのが見えた。

四月上旬、一般的には春本番と言える時期だ。実際東京では、シャツの上にブレザーを羽織れば寒さ対策は十分。むしろ汗ばむこともあるような陽気が続いている。その感覚のまま新幹線に乗って、空調の利いた車内でしばらく過ごしていたから、全くこの変化に気付いていなかった。

「そうか……これが北海道……」

そんな実感が、このタイミングで冷たい空気と一緒に胸に満ちる。

新幹線にずいぶんと長いこと揺られたけれど……それだけの距離を、僕らは移動したんだ。

気温が大きく変わってしまうくらいの、長い距離を……。

「とりあえず、ホテル向かおうかー」

言いながら、春珂がホームを歩き出す。

「明日も六時台の汽車に乗るんでしょ？　だったら駅とか周りのお店で、朝ご飯買ってからホテル行こう！」

「お、おう、そうするか……」

なおも「北海道に来たんだ」なんて事実に感銘を受けながら、僕は春珂のあとを追った。

でも、そうだな。朝ご飯。明日の朝は買うタイミングがあるかわからないし、確かに今のうちに調達するのがよさそうだ。

ホームのエスカレーターを上がりながら、僕は自然と気分が持ち上がっているのに気付く。

確か、北海道には人気のコンビニがあったはずだ。道内と埼玉、茨城にしかないのに、サービスのよさやフードのおいしさで、全国的な知名度を誇るローカルチェーン店。そのお店を探してそこで買ってもいいし、駅ナカにあるであろう地場産品を売っているような店で調達してもいいかもしれない。

基本的には、三人の時間を味わうための旅だ。

彼女たちの地元に向かうこと。そこで交わされる会話や思うこと。そういうもののために、僕らは大人を振り切って三人でここまで来た。

けれど、そういう普通の旅行っぽい楽しみを味わうのだって、悪くないだろう。

となれば、北海道はおいしいものが沢山あるはずで、僕は内心それらに期待を募らせる。

けれど——そんな僕の思惑は。抱いていた小さな期待は、

「……開いてないね」

「お、おお……」

改札を出たところで、あっさりふいになる。

——閉まっていた。

地元の食べ物を売っているであろう、駅併設のお店は、すでに閉まっていた。

考えてみれば、時刻は夜十時近く。東京の感覚でいたけれど、確かに地方のこういうお店は、割と早めに閉まるイメージだ。しまった、事前に調べておくべきだった。

しかもそのうえ……、

「ああー……」

「真っ暗だね……」

駅を出たところで。

目の前に広がる真っ黒な夜に——春珂と二人、立ち尽くしてしまった。

比喩じゃなく、本当に真っ暗だった。

灯りがついているのは僕らがいる駅と、すぐそばにある今夜泊まる予定のホテル。あとは遠

くにぽつんとあるマンションくらい。

まず、建物自体が少なかった。なんとなく、函館近くの観光地をイメージしていたけれど……そういう雰囲気ではなく、農業の町の真ん中に駅がある、という風情。

そう言えば、どこかでそんなニュース記事を見たことがあった気がするな。北海道新幹線はのちに延伸する予定で、現在の終点である新函館北斗駅の周囲は、現在も開発の途中だ、というような記事を……。

「ご飯……どうしよう」

「そうだね」

途方に暮れつつ、駅周辺をとぼとぼ歩く。

「どこか、お店探しに行ってみる？　駅離れて、繁華街探して……」

「いや、この真っ暗な中動くのは危なくないか？　スマホで地図は見れるけど、さすがにここまで暗いと……」

そんな風に逡巡していると、今夜泊まるホテルの前に着く。

どうするか。まずはチェックインして、明日の食料は明日買うか……なんて考えていたところで、

「……あ、ここコンビニだ！」

春珂がそんな声を上げる。

「お、マジか！」

見れば——確かに扉の向こうは、小さなコンビニになっているようだった。店の奥に並んでいるレジと、食料品などが置いてある棚も目に入る。

「よかった！　ここで買おう！」

「お、おう。そうだな！」

春珂に言われて、僕はこくこくとうなずく。

例のローカルチェーン店ではないけれど、この際贅沢は言えない。

ひとまず、ひもじい思いをしなくてもすみそうなことに感謝しよう……。

けれど、

「……ん？」

入店しかけたところで春珂が声を漏らした。

「……営業時間が……七時から二十二時……」

彼女の言うとおり、店の自動ドアにはそんな風に記載されている。

『営業時間　7:00 ～ 22:00　年中無休』

……まあそうか、コンビニだからって、二十四時間営業とは限らないよな。

都内でも、夜の間は閉まるコンビニも少なからずあるし……。

ただ……一つ気にかかった。

……二十二時……閉店。

割と早めの、閉店時間……。

「……矢野くん、今何時？」

春珂に言われて、恐る恐るスマホで時間を確認する。

表示されていた現在時刻は——、

「……うわ、二十一時五十七分だ！」

「ええっ⁉　残り三分⁉」

「ちょ、い、急いで選ぼう！」

「う、うん！」

僕らはあわててその店に入店。

食べ物コーナーに向かい、めぼしいおにぎりやお茶を大急ぎで手に取ったのだった。

＊

「——で、この部屋か……」

「ご、ごめんなさい……」

そんなこんなでロビーで鍵をもらい、やってきた部屋。

鞄を肩にかけたまま、さらに発生した問題に、僕は思わず頭を抱えてしまった。

「いや、春珂に頼んだ時点でちょっと予感はしてたし、ロビーでも言われてたけど……」

僕は、改めて部屋を見回し――、

「まさか……マジでダブルとか……」

確かに、春珂には「二人分の部屋を予約した」と言われていた。

基本的には別部屋だろうと思っていたし、もし彼女がいたずら心を発揮して同じ部屋にされていたとしても、ベッドは別。つまり、ツインだろうと思っていた。

けれど――目の前にあるのは大きな一つのベッド。

二人が一緒に寝る、ダブルの部屋になっていたのだ――。

……まあ、まずいだろう。

高校生の男女が同じベッドで寝るのは、さすがに問題がある……。

「あ、あの……最初は春珂も、ツインにしようと思ってたみたいなのね？」

なぜか言い訳するように、秋玻が申し開きを始める。

「一緒の部屋にはしたけど、さすがに同じベッドはやりすぎかなって、ツインで空き部屋を調べたみたいなんだけど……当日だから、全部埋まっちゃってて。あとは、ダブルの部屋を一人一つずつ取るか、二人で使うかしかなくて……こうしたみたい」

「まあ……秋玻が謝ることないいんだけどさ……」

実行犯はあくまで春珂だからな。秋玻には何の罪もないだろう。

ただ、

「……はぁ……」

ため息をつきながら、僕は部屋を見回す。

まだ営業が始まって、それほど年数が経っていないらしい。内装は今風できれいだし、デザインも洒落ている。ベッドにかかっているシーツ、布団もほぼ新品に見えるくらいだ。

偶然泊まったホテルがこんなにもきれいだったら、普通はテンションが上がるだろう。

けれど……、

「……」

「……」

この状況だと。

秋玻／春珂と二人この部屋に泊まる、ということになると。どうしても、それが妙にムーディに思えてしまう。

何かこう、二人の気分を高めるための、そういう意味合いでのお洒落さに見えるような気が……。

「……部屋、もう一個取りに行こうか……」

こちらを覗き込むようにして、秋玻が言う。

「多分、今からロビーに行けばお願いできるよね。もう一個ダブルの部屋取れば、別々にできるから……」

そうだ、そういう手もあるだろう。

このホテルにシングルの部屋はないらしい。そうなると、ここでもっともリーズナブルにもう一部屋取るなら、その選択になる。

……ただここまでで、彼女たちにはかなりお金を使ってもらってしまっている。

あとで返す前提だとしても、新幹線代にホテル代。明日宇田路に向かうのにだってお金がかかる。どれくらい貯金があるのかは知らないけれど、ダブルの部屋なんて決して安くはないだろう。

だから、これ以上出してもらうのは、さすがに申し訳ない。

だから、僕は腕を組みしばらく悩んでから、

「……いやもう、このままにしよう」

諦めて、鞄を傍らのテーブルに置いた。

「今からバタバタしても体力削られそうだし、明日も早いしさ……もう、このままでいいだろ」

秋玻は意外そうに、こちらを見ている。

目を丸くして、僕がそう言うなんて全く思っていなかった様子。

「あ、ご、ごめん。もしかして、秋玻が嫌だった？」

「……あ！　う、ううん……そういうことじゃなくて……」

「じゃあ、どうした？」

「や、矢野くん……絶対他の部屋取ろうって言うと思ってたから」

「んん……まあその方がいいだろうけど、そもそも、大丈夫だろ」

言いながら、僕は館内案内のパンフレットを手に取る。

なるほど、大浴場があるんだな、このホテル。寝る前に一度行っておこう。

「結構このベッド広いし。それに別に、夜中にどうこうしようとかは僕も思わないし」

そりゃまあ、モヤモヤするのは間違いないし結構しんどい思いをするかもしれない。

隣で秋玻／春珂が寝るんだ。平常心ではいられないだろう。

でももう、そんなことも言っていられない。とにかく今は、明日のために早めに寝てしまいたい。

なのに、

「……わかんないよ」

……その言葉に、思わず秋玻の方を見た。

「矢野くんは、しないかもしれないけど。わかんないよ」

妙に、真剣な表情だった。

何か思い詰めるような、必死でこらえているような秋玻の表情。

……そうか、と僕は思い至る。

秋玻はきっと——春珂が何かしないか、心配している。

「……まあ、さすがに大丈夫だろ」

だから僕は、少しでも安心させようと彼女に笑ってみせる。

「確かにちょっと、なんかやらかしそうな予感もするけど……さすがに、入れ替わり時間が十分じゃ、何もできないだろ」

それだけの速度で入れ替わる上、今の二人は記憶を共有しているんだ。

以前に比べても無茶はできないだろうし、春珂がそこまで大胆なことをするとも思えない。

それでも、秋玻の表情は決して晴れない。

むしろ、一層自分を責めるような表情で視線を落とし、

「……そう」

とだけ小さくこぼし、ホテルのパンフレットに目をやる。

「……わたし、お風呂行ってくるね」

「ああ、大浴場だよな。僕も行くよ」

「そっか、じゃあ貴重品しまって——」

そんな風にやりとりをして、僕らは並んで大浴場へ向かった。

＊

——完全に、貸し切りだった。

広い室内風呂と、露天になっている風呂。

二つのゾーンがあるその大浴場に、僕以外の客の姿はなかった。

考えてみれば、時刻はすでに十一時近く。季節的に観光シーズンでもない。

ということで、僕はあまりに怒濤だったこの一日の疲れを、ここでゆっくり癒やしていくことにした。

「……ふぅ〜……」

身体を洗い、露天の風呂に身体を沈める。

面談で緊張し、秋玻春珂との会話で全力を出し、ここまで来る過程で体力は完全に使い切っていた。

こんなにくたびれるのは、本当に久しぶりだな……。

お湯のじんわりとした温かさが消耗した節々に染みて、胸にぐっと来るほど気持ちがいい。

そんな有無を言わせぬ快感の中で、僕はこの一日のことを思い出す。

「……マジで、色々あったな」

考えてみれば、今日の昼くらいまで僕は自分を見失っていたのだ。

『矢野四季』という人間がどんなやつだったのかわからなくて、どう振る舞えばいいのかもわからなくなっていた。

……いや、正確に言えばそれは今も変わらない。

今も僕は自分がどんな人間なのか、どうするのが自分らしいのかわからない。

それでも、今はそれでいいと思えた。

それどころじゃない問題が、目の前にある。

秋玻と春珂、どちらかが消えてしまうことがすでに決まっている。

なら、もうどんな自分であっても、利用してしまえばいいと思った。

霧香の言う強引な自分も、秋玻の言う繊細な自分、春珂の言うちょっと意地悪な自分、細野の言う格好良い自分だってその他全ての自分も、この状況に役立ててしまえばいい。

どれが本当かは、そのあとじっくり考えればいいじゃないか。

だから、さしあたり問題なのは――、

「……二人に、どう答えるかだよな」

湯船の中で、僕は一人そうこぼした。

自分の中で、強く拮抗していた。

どちらかを選ばなければ、という強い使命感。

そして、同時に覚えている「選ぶ」ことへの強い違和感。

恋をしていることは間違いない。

けれど、どちらかを選ぶことは、間違っている。

それは一体、どういうことなのだろう。

もしかして、本当に二人を等しく好きだ、という意味なのだろうか？

僕が秋玻と春珂に、全く同じだけ恋をしているという可能性。

近いけれど、少しずれている気もしていた。だとしたら素直にそれを伝えるだけだし、その結果を受け入れるしかない。でも、そういうことではない気がする。

僕は間違いなく、誰か『一人の女の子』に恋をしている。

「……一人の、女の子」

その言葉に、自然と思い出されるものがある。

クラス会の夜に見た夢だ。恋をする夢、秋玻でも春珂でもない誰かに抱いていた、強い感情……。

そこに、答えがある気がした。

あの夢が、僕の本心そのものであるような気がした。

だとしたら……彼女は、誰だったのだろう。

あの女の子は誰で、どこにいて、僕は一体、いつ彼女と出会ったのだろう……。

「……上がるかぁ……」

気付けば、ずいぶんと長湯してしまっていた。

これ以上浸かっていてはのぼせてしまいそうだし、明日も早いんだ。

これくらいにしておこう。

僕は湯船から上がりつつ、頭の中で明日の計画を練り始める。

＊

「――ということで、明日は五時半起きで。それから六時二十分の始発乗る感じで」

ベッドの上、スマホにメモを書き込みながら、僕は秋玻に言う。

「うん、わかった」

秋玻も同じようにメモを取りながら、真面目な顔でこくりとうなずいた。

「早くてちょっときついけど、それだと十一時前には宇田路に着くよ。あと、多分電車の中は寝られると思うから、そこで睡眠時間稼いでいこう」

「だね、それなら結構ちゃんと寝られそう……」

そろそろ、時刻は午前0時を回るところだった。

部屋に戻り、秋玻、春珂が帰ってくるのを待ってから、明日の予定を確認。

事前に考えていたとおり、昼前に宇田路に着くスケジュールを立てることができた。

うん、これなら三人で、宇田路の街をじっくり見て回れるはず。

スマホの地図で見る限り、宇田路は山と港に囲まれた比較的小さな町のようだった。

昨今はアジア圏からの旅行客が沢山訪れ、観光地としても賑わっているらしいのだけど、コンパクトに見所がまとまっている分、そこに住む人たちの生活圏も同じような範囲に収まっている。昼から夜までの時間があれば、十分に二人の思い出の場所をめぐることができるはずだ。

だから、明日は寝坊厳禁。遅刻は決してしたくない。

お互いに荷物を片付け、すぐにチェックアウトができるように準備をしてから、可能な限り睡眠時間を取るようにする。

「……じゃあ、そろそろ寝るか」

「……うん」

僕がそう言い、秋玻がうなずく。

二人並んでベッドに横になり、布団を被って目をつぶる。

──もちろん、心臓があっという間に加速を始める。

すぐそこにある、秋玻の体温。

鼻をくすぐる、シャンプーか何かのいい匂い……。

考えてみれば、今現在秋玻／春珂はかなりの薄着だ。

館内着を着ているけれど、その前も紐で留められているだけ。

しかも……下着も着けていない。

さっき、部屋に備えつけのユニットバスで洗って干しておいたそうだ。バスタブの上につるしたから、カーテンを開けないで欲しい、と頼まれていた。

つまり今、彼女たちはその身体に布一枚しか身につけていない……。

……これで冷静でいろ、という方が無理があるだろう。

仮にも恋をしている女の子なんだ。そんな無防備に隣で寝ていられて、落ち着いていられるはずがない。

——なのに。

「……」

視界に、ぐっと眠気が被さってくる。

今日一日で溜まった疲労が、睡魔になって僕に襲いかかる。

ああ、僕は……。

こんな状況で眠れるほど……疲れてたんだ……。

そんなことを考えているうち、意識がふわっと遊離する。

頭を覆っている、甘い眠気の痺れ。

そのまま僕はなるように任せ、身体を睡眠の浮遊感に預けた——。

＊

——眠りの中で、まずベッドの振動を感じた。

隣で誰かが動いているような、もぞもぞとしたマットレスの揺れ。

合わせて小刻みに揺れる、僕の身体。

……一瞬、もう起きる時間かと思う。

ずいぶんあっという間に感じたけれど、朝なのかもしれない。

けれど……まだ目覚まし、鳴ってないよな……。念のため、ホテルの時計と僕らのスマホ、計三つが鳴るようにしてあるから、設定漏れってことはないはず。

まだ、眠っていられるはずだ……。

半分眠りながらもそう結論づけ、もう一度僕は深い睡眠に潜り込もうとする。

そんなタイミングで、聞こえるわずかな衣擦れのような音。

そして、さっきよりも大きなベッドの揺れ。

次に——重みを感じた。

仰向けになった僕の腰辺りに、何かが乗った感触。

——徐々に、意識が覚醒する。

ぼやけていた頭がはっきりし始めて、『その重み』が何なのか、わかり始めてしまう。

薄い布団越しでもわかる、柔らかな感触。聞こえるかすかな息づかい。

はっきりとして、存在感のある重み。

そして、

「……矢野くん……」

彼女の——秋玻の声がした。

「ねえ、矢野くん……」

酷く、切なそうな声だった。

今にも泣き出しそうな、耐えがたいほどに苦しそうな声。

——もう、無視はできなかった。

きっとこれはもう、なかったことにはできない。

恐る恐る、閉じていた目を開ける。

——秋玻が、僕の上にまたがっていた。

——その身体に、何も纏っていなかった。

カーテン越しに薄く部屋を照らしている、青い光。

それに照らされて、秋玻の身体のラインがはっきり見えた。

泣き出しそうに歪んだ顔と、そこから伸びる細い首。

大理石の彫像のような鎖骨と、その下の――胸の膨らみ。

なだらかに隆起した二つの丸みは、それぞれ片手には収まりきらなそうなボリュームがあった。左右で少し形が違うように見える。向かって右側がかすかに大きい。

そして、淡く色づき膨らんでいる、その先端――。

――夢を見ているのではないかと思う。

今、目の前にある秋玻の身体。裸の彼女。

想像してしまったことはあった。触れてしまったことも、見えそうになったこともあった。

けれど、こんなにもあられもなく相対するのは初めてで、しかもそれが、思い浮かべていたよりもずっときれいで、それと同時に性的で――。

現実味以上に、夢を見ているような気分になる。

上手く、目の前の景色を呑み込みきれない。ディスプレイに表示された女性の裸体のように、どこか非現実的に感じてしまう。

けれど、そのまま視線を下げたその先。

丸みを帯びたお腹と、縦長の切れ込みのようなへそ。

その両サイドに繋がる滑らかな太ももと、下腹部。

そこに見えている、若草のような茂り。その奥に、さらにかすかに覗いて見えるもの。
——ああ、現実だ。
はっきりと、僕はそう理解した。
今、目の前に女性の身体がある。
僕とは違う構造の、けれどはっきりとした強度を持った、生き物の身体。
それが今、一個の強い意志を持って、僕の前にある。
「……しよう」
秋玻が、そう言う。
「最後かもしれないもの。してください……」
それで——強い欲求が弾けた。
全身に、興奮が熱になって満ちていく。
その身体の持ち主に、今僕は僕自身を求められている。
その女性に、自分の欲望全てをぶつけることを乞われている——。
——強烈な衝動だった。
今すぐその身体に触れたい。口をつけたい。繊細な部分をなぞって、反応が見たい。
自分の欲求をぶつけたい。僕はその身体と、どれだけの快感を共有できるだろう。
一瞬で頭を駆け巡る、あられもなく性的なイメージ。

「……ねえ……」

秋玻が、僕の手を取る。

そして、それを自分の右胸、その膨らみに押しつけた。

「本当は、ずっとしたいと思ってた……」

手の平に感じる、滑らかな柔らかさ。

表面の冷たさと、その向こうに感じる体温、確かな感触。

人の身体だ、と思う。夢に見てきた秋玻の胸は、間違いなく彼女の身体の一部としてそこにある。

「好きだって思って、毎日一緒に過ごすうちに、キスしたいとか、身体触って欲しいとか、こういうことしたいとか、すごく思うようになった。びっくりした、わたし、自分がそんなことに興味あるなんて、知らなかった」

秋玻は僕の左手を取り、それも自分の胸に押しつける。

「でも、自分から言うのも抵抗があったし、断られたら悲しいし。だから、もういいでしょう?」

――そのとき。

指先が、彼女の胸の先端に触れる。

彼女の身体がびくりと震えて、「あっ」と秋玻が声を漏らす。

そして彼女は——泣き出しそうに、僕を見つめ、

「しようよ……」

消え入りそうな声でそう言った。

「してください……」

——もはや、熱は僕の身体を溶かし尽くしそうなほどになっていた。

それは意思というより暴力だ。生殖が、人間の本能であることを僕は思い知る。

けれど——。

同時に、頭の中には冷静な一角が残されている。

この状況で酷く落ち着いている、わずかな脳のパーテーション。

それに気付くと——一気に思考は広がっていく。

こらえがたい欲求に対して、客観的な指摘を加えていく。

——ここで秋玻と身体を重ねたところで、誰からも咎められることはないだろう。

誰に知られることもない。知られたとしても、強く否定する人もいないだろう。

むしろ——するべきなのかもしれない。

これは、秋玻にとって人生最後の願いかもしれないんだ。

それに応えるためなら、絶対に彼女の願いに応えるべきなのかもしれない。

けれど——違う、と思う。

したくないわけじゃない。むしろ、したくてしょうがない。
彼女の気持ちにも応えたいと思う。その切ない願いが、どうしても報われて欲しい。
それでも、だからこそ。僕は、僕らがそうするべきタイミングがあるように思う。
身体を重ねるタイミングが、そうするのが運命づけられている状況が、きっとある。
けれど——僕らはまだ、そこに至っていない。
なぜ、そんな風に思うのかはわからない。
それでも、確信していた。僕らにはまだ、もう一つ見つけるべきものがある。
——起き上がり、僕は秋玻を強く抱きしめる。
細い肩が、冷たい肌がびくりと震えた。
そして、
「ごめん」
そう言うと、彼女の動きの全てが静止した。
「今は、それはできないよ」
全ての音が遠ざかる。
聞こえるのは、二人の呼吸音だけ。
「きっと、今じゃないと思うんだ。そうするべきときが、まだ来ていないと思うんだ」
——納得してくれるとは、自分でも思えなかった。

間違いない。僕は今、彼女を傷つけた。これまでなかったほどに、彼女の願いを強く踏みにじった。

「だから、信じていて欲しい」

身体を離し、もはや泣き出している秋玻に僕は言う。

「僕を信じて欲しいんだ。ここで、我慢する必要があるんだって。いつかそのときが来るんだって——」

秋玻は、言葉を返さない。

僕もこれ以上、彼女に言えることはなかった。

だからせめて、覚えていようと思う。

こうして、ホテルの上で服も着ないまま泣いている秋玻。彼女を傷つけたことを、その表情を、僕は忘れないでいようと思う。

——と、秋玻が短くうつむく。

身体のこわばりが解け、纏っていた空気感が変わる。

そして——入れ替わりに出てきた春珂は、

「……うおお〜……！」

自分が裸なのを確認すると、あわてて布団で身体を隠した。

「いやごめん、わかってたけど……いきなり裸は、やっぱりびっくりする……」

「ご、ごめん！」

あわてて僕も、目を背ける。

「そうだよな、春珂はそんなつもりなかったよな……。こ、このままにしてるから服着てくれよ……」

……というか、考えてみれば秋玻もどうするつもりだったのだろう。

彼女の希望通りにしたとして、秋玻が出てきているときだけ、なんてわけにはいかないだろう。春珂が出てくるそのとき、どうにかなっていたらどうするつもりだったんだ。それって、同意がないままそういうことをしていた、ってことになっちゃうんじゃないのか……？

——けれど、

「……まあ、でもいいや」

春珂は、小さくそう言う。

そして、身体を覆っていた布団を手から離すと、

「わたしも……秋玻と一緒になって、矢野くんとするつもりだったし……」

——その言葉に、頭が粟立つ。

一緒になって、するつもりだった。

何だ、その状況は……そんなめちゃくちゃなことを、二人はするつもりだったのか……。

……それでも、そうか。

それだけ、二人は思い詰めているのかもしれない。最後のときを目の前にして、もうモラルだとか嫉妬だとか、そんなことを言っている余裕を失ってしまった。

だとしたら。今僕は、秋玻だけではなく春珂も傷つけたんだろう。秋玻と同じように、僕は春珂の願いまで、上手く説明もできないまま拒否してしまった。

それが間違いだったとは思わない。今同じ状況を繰り返すことになっても、僕は同じ選択をするだろう。

けれど――二人分の願いを無下にした自分。

それだけの未来を、見つけなければと思う。

二人に納得してもらえるだけの答えを、明日のうちに見つけないと……。

「……矢野くん」

目を逸らしたままでいると、春珂が僕を呼ぶ。

「こっち見てよ」

「……ええ？」

今も春珂は、裸のままのはずだ。

あんなに恥ずかしがってたのに、なんでそんなこと……。

「……秋玻の身体は、見たんでしょう？」

そんな僕の疑問を察したように、春珂は不満げに言う。

「あの子の胸とか、あそことかは見たんでしょ？」

そして、春珂は僕の顔を覗き込み、

「なら、わたしのも見てよ」

――ふと、以前読んだ小説を思い出す。

重い病気を患った十五歳の女の子が、それを失ってしまう前に、と男の子に自分の身体を見せる話。

そういう気持ちなのかもしれない。

最後に、全てを見せておきたいのかもしれない。

覚悟を決めると――ゆっくりと春珂の方を向いた。

薄暗がりでもわかるほど、顔を赤くした春珂。

そして、隠されることもなくそこにある、彼女の身体――。

――不思議な感覚だった。

秋玻の身体と、変わらないはずなんだ。二人は身体を共有していて、それは全く同一のもので、言葉通り寸分たりとも違わないはず。

なのに、ほんのわずかに肉付きがよく見える。

胸の膨らみもお腹も太ももも、さっきよりも丸く柔らかそうになった気がした。

「……ん……」

そうして見られるだけでは不満だったのか——春珂が僕の手を取る。

そして、自分の胸にそれを押しつけると、

「……秋玻にも、こうしてたでしょ」

それが当然の権利だ！　とでも言いたそうな口調で、僕にそう言う。

「なら、わたしにも同じことして……」

——その感覚も。

胸の柔らかさも、秋玻とは性質が違う気がした。

滑らかで冷たかった秋玻の胸よりも、柔らかくて温かく感じる春珂の胸。

なぜだろう、酷くふしだらなことをしている気になった。実際、ふしだらなのかもしれない。

二人の女の子の身体を、こうして立て続けに触るなんて。

——そんな風に、考えてしまったからだろうか。

「……うう……」

そこで——限界が来た。

正直……辛い。

こんな状況になって、このままお預けだなんてあまりにも辛い……。

僕だって、そういう欲求はある。というか、十代の男子らしく強くその欲求がある。

秋玻も「ずっとしたかった」なんて言っていたけれど、僕だってそうだ。

むしろ僕の方が、ずっと強くそう思っていた自信がある。口に出して言えないようなことだって、何度も何度も考えてきた。

だから、

「……ぐう……」

苦しい。

こんな状況で何もできないのが、何もしないと決断したのが、目眩がしそうなほどに悔しい。

「……だ、大丈夫？」

僕の変化に気付いたらしい。

春珂が僕の手を離し、こちらを覗き込んだ。

「ど、どうしたの……？」

「い、いや……ちょっと……」

そう口に出すと、酷く声が震えていて自分で笑いそうになる。

「色々と……限界で……」

不思議そうにしている春珂。

けれどそのうち、僕の言っていることの意味に気付いたのか、

「……そっか」

そう言うと、少し寂しそうに笑った。

「じゃあ……もう寝ようか、明日も早いし……」

「うん、そうだな……」

時計を見ると、時刻は午前二時過ぎ。

あと三時間しか眠れない、ということになる。

「ごめんね、起こしちゃって……」

言いながら、春珂はもぞもぞとベッドの上を移動すると、僕の隣に腰掛け、

「じゃあ、矢野くんまた明日」

「おう……」

「あ、わたしこのまま裸で寝るから、やっぱりしたくなったら、してくれてもいいからね？」

「……だからさあ」

思わずそうこぼすと、春珂はいたずらな顔で笑う。

ああ、この子はもう、わかってるんだな。

僕が何をこんなに苦しんでいるのか。そしてどうすれば、もっとその苦しみを味わわせることができるのか。

だからこれは——春珂からの。

辛い思いをさせてしまった彼女からの、小さな反撃だ。

「じゃあ、おやすみ……」

「うん、おやすみ……」

言い合って、僕らはもう一度眠る。

このまま朝まで起きっぱなしかもしれない、と危惧していたけれど――僕は案外簡単に、眠りに落ちることができたのだった。

＊

――翌朝。午前五時半。

目覚ましが、三つ同時に鳴る。

そのあまりの大音量に、僕も秋玻もあわてて飛び起き――、

「うおお……！」

「わあ、びっくりした……」

朝日の差し込む中、あわててスマホとホテルの時計に手を伸ばす。

――と、そこで気が付いて、

「……っ！」

改めて、弾かれたように秋玻の方を見る。

確か、春珂は裸のまま寝たはずで。

だとしたら、この明るさの中、今も秋玻は服を着ていないはずで——

けれど、

「……ん、どうしたの？」

……着ていた。

秋玻は、なんだか野暮ったい館内着を、しっかりとその身に羽織っていた。

茶色の、ちょっと病院の入院着にも似た……色気のない部屋着……。

そんな僕の視線に気付いたのか、

「……着たもん……」

不服そうに唇を尖らせ、秋玻はそう言った。

「裸なのに気付いたから、ちゃんと着たもん……」

「……まあ、そうか」

——そんな風に答えながら。

もう一度見たかった、なんて身勝手な願望と、もう一度見ていたら今度こそ我慢できなかったかも、なんて考えの間で、僕はもう一度深く息を吐いたのだった。

そんな僕に、

「ほら、矢野くん準備するよ」

秋玻はもう吹っ切れたように、呆れたように笑って発破をかけた。

「出発まであと五十分。急ごう！」

第四十一章
Chapter41

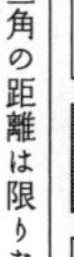

「手宮マゾヒスティック」

Bizarre Love Triangle 三角の距離は限りないゼロ

「――すげえな……」

「……だね……」

ホテルのチェックアウトを終え、改めて新函館北斗駅にやってきて。

ホームに立ち、僕らは線路の向こうに広がる景色に息を呑んでいた。

――山の上に顔を覗かせた太陽。金色のその光が、早朝の北海道を照らしている。

雪が残る畑から立ち上る、濃い白色の靄。

それが僕らのいるホームにまで流れてきて、辺りはまるでファンタジー世界のような色合いに染まっていた。

「昨日は、真っ暗だったからよく見えてなかったけど……」

感慨が胸に湧き起こるのをはっきり感じながら、僕はつぶやく。

「本当に、広いんだな……」

東京を出てすぐ日が沈んだせいで、移動中は景色をはっきりと見ることができずにいた。

北海道に到着してからも感じたのは寒さが主で。ホテルへ向かう途中も真っ暗で、自分がどんな場所にいるのかもわからずにいた。

けれど――視界の向こう、山の方まで広がる農耕地帯。

ところどころ残っている、砂泥じりの雪。まばらに建っている人家――。

その土地の広がりに、ああ、ここは僕が生まれ育った街とは、全く違う場所なんだと実感する。

秋玻／春珂と旅行するのは初めてではなかった。

修学旅行で関西に行ったたし、生駒山上遊園地から見下ろした大阪の街は、今も脳裏に焼き付いている。

それでも——この光景には、あのときと大きく違う感慨があった。

——僕らは、ずいぶん遠くまでやってきた。

「あ、汽車が来たわね……」

春珂から秋玻に入れ替わり、彼女が言う。

彼女の言うとおり、線路の向こうからこちらに走ってくる列車の姿が見え始めていた。

「あれでまずは、札幌まで三時間半……それだけあると、寝ちゃいそうね……」

小さくあくびをする秋玻。

その表情を眺めながら——僕は口に出さずに、改めて考える。

——五分ほどだ。

今や秋玻と春珂は、たった五分ほどで入れ変わっている。

しかも、短くなるのがずいぶんと早い。

今朝目を覚ましたときには、入れ替わり時間は六分と少しだった。

つまり、一時間ほどで、一分ほども短くなっている——。

「……さあ、乗りましょう」

到着した列車に、いそいそと乗り込む秋玻。

彼女に続きながら——宇田路に着く頃には。

二人の地元に到着する頃には、秋玻／春珂はどうなっているんだろう、と考える——。

＊

——駒ヶ岳を眺めながら、大沼国定公園のそばを通り抜ける。

初めて名前を聞く公園だった。うっそうとした森の中に静かな湖が広がっているのは、なんとなく日本というよりも北欧っぽい光景かもしれない。

こんなにきれいな景色があるのに、名前さえ知らずにいたなんて。北海道には、そういう名所が数え切れないほどあるのかもしれない。

隣では、秋玻から入れ替わったばかりの春珂が早速寝息を立てていた。

列車の振動に揺られながら、朝日に清らかな頬を照らされている春珂。

きっと、僕よりもこの子たちの方がずっと睡眠不足なんだろう。そっとしておいてあげよう。

列車は駒ヶ岳の周囲を大きく回り、今度は内浦湾を右手に望みながら走っていく。

前に、秋玻か春珂が「北海道の海は、本州の海と色が違う」なんて言っていた。

こうして見るその海は、確かに東京で見るより少し寂しい色合いだった。あまり手入れされていないらしい海沿いの原っぱと、時折見える漁業用のブイや網。その心細さが、僕と秋玻／春珂の繋がりを一層強めてくれる気がした。

苫小牧を過ぎた辺りで、線路は海沿いから内陸へ向かい始める。雪の残る森の中を抜け、南千歳駅を過ぎて少しずつ景色が都会になっていく。

そして、

「……ああ、もうすぐね」

目を覚ました秋玻がそう言ってからしばらく。

列車は、札幌に到着した。

「ごめんね、ほ」「とんど寝てたわ……」

「……いやいや、いいんだって」

彼女たちの入れ替わり速度に動揺しつつ。それでも感情を顔に出さないよう気を付けながら、僕は二人に笑ってみせた。

「宇田路で一杯歩くんだから、できるだけ回復しといてよ」

そんなことを言い合いながら列車を降り、宇田路行きの快速列車に乗り換える。

ホームから見た札幌の街は、それこそ僕らの住む東京にも似た都会なのだけど……なぜだろう。駅の造りやその内装の雰囲気、辺りに残っている雪のせいか、やはりどこか都内とは違う雰囲気を纏っている気がした。

宇田路行きの列車が、ゆるゆると札幌駅を出発する。

区間のせいか、時間帯のせいか。ガラガラだった新函館北斗からの列車に比べて、宇田路行きの列車には少なくない乗客の姿が見えた。

予想通り、アジアからの観光客も多いけれど、それ以上に地元の人と見られる利用者が多い。スーツを着たサラリーマンや、春休み中なのだろうか、僕らと同じくらいの年齢の若者もいる。よかった、この中なら僕らも決して浮きはしないはずだ……。

列車は石狩湾を望みながら走り、海すれすれや港湾地帯を通り抜けると、

「――わあ、懐かし」「い」

「あそこ、学」「校見えるよ！」

はっきりと栄えた市街地、宇田路市内に入った。

年季の入った建物、淡い昼の光に照らされた素朴な風景。古くからある地方都市らしい景色に、僕もなぜか懐かしい気分になる。

そんな中を数分ほど走ると、列車は宇田路駅に到着した。

札幌を出て三十分。それまで三時間以上も札幌行きの列車に乗っていたから、本当にあっという間に感じた。

そして——降り立った宇田路駅。

「……着いたな」

「だね……」

言い合って、僕らはホームの階段を降り改札を抜ける。

そして、今風のパン屋や土産物屋の間を通り——レトロな駅舎から出る。

「……ここか」

「うん……」

——目の前に宇田路の街が。秋玻／春珂の生まれ育った街が広がっていた。

駅前の大きな通り、その先に小さく見える運河と海。

観光客が向かっていく、有名店の連なる通り。

明治期からのままだという、歴史を感じるいくつかの建物たち——。

その景色を前にして——秋玻／春珂は。

入れ替わり時間が極端に短くなった彼女は。瞬くように入れ替わりながら、僕に言った。

「ようこ」「そ矢野くん」

「わたし」「たちの宇田」「路へ——」

鼻をくすぐる風は相変わらず冷たくて、けれどどこか潮の香りがして、目の奥がつんとするような気がした。

僕らはついに——はじまりの町に到着した。

＊

「わー、不思」「議だなー」

駅前に立ち、風に髪をなびかせながら、秋玻／春珂は目を細める。

「矢野く」「んが、ここにい」「るなんて。一緒に、宇田路に」「来ら」「れるなんて……」

その表情に釣られて僕も辺りを見回した。

ずっと話に聞いていた、いつか行きたいと思っていた宇田路の街。

今僕は、そこにいる。秋玻／春珂と三人で、夢見てきた街にいる——。

——言ってみれば、普通の観光地でしかないのかもしれない。

目に入るのは、貫禄とは違う方向性で年季の入った大型スーパー。威勢のいい声が聞こえる駅前の三角市場。映画に出てきそうな重厚なデザインの、おそらく文化財であろう建物や、できて数年しか経ってなさそうな派手なパチンコ屋。

そして、そこかしこにわだかまっている――融雪材混じりの雪。

きっと、珍しくはない風景だ。

ごく普通に観光客に喜ばれる、昨今の不況の中で力強く生きている、魅力的で当たり前の地方都市。

けれど――特別に見えた。

目に入る全てが、今の僕にはかけがえのないものに見える。

幼い秋玻/春珂がそこにいた。僕の知らない彼女たちが、この街で暮らしていた。

それだけで、僕にとってはこの街の全てが大切で。肌を刺す空気の冷たさも、聞こえる駅前放送の声も、ぴんと晴れた空の色も、決して忘れないようにしようと心に誓った。

「――よし、ま」「ずは、腹ごしらえにしよう」「か！」

秋玻/春珂がそう言って、僕の前に立って歩き出す。

「朝ご飯食べ」「て結構経つし、お」「腹空いたでしょ」「う？」

「あー確かに。もう五時間くらい経ってるな」

「じゃあ」「ボリュー」「ムあるところでもいい」「かしら？」

「ああうん、むしろその方がありがたいよ。もうがっつりいきたい」

結構な空腹状態だった。これから沢山歩くだろうことを考えても、ここはしっかりエネルギーを蓄えておきたい。それに、秋玻と春珂の好物である、地元の食べ物……。うん、是非食べてみたいと思った。子供の頃の彼女たちが好きだった味には、興味がある。

ちょっと余談だけれど、旅行中って普段よりもお腹が空きがちだから不思議だ。修学旅行の最中も妙に空腹になりやすくて、みんなひたすら色々食べてたからなあ……。

そんなことを考えつつ横断歩道を渡り、秋玻／春珂は駅前の長崎屋に入る。

そして、エスカレーターで地下に下り、到着したのは——、

「ここだ」「よ」

「おお、へー……」

——焼きそば屋だった。

スーパーの一角。ちょっとしたフードコート風の、老舗っぽい焼きそば屋だった。

「ほー、こういう店なのか」

正直なところ、意外だった。

これまで、秋玻と春珂が焼きそばを食べているところなんて見たことがなかった気がする。

しかも、こういう親しみやすい雰囲気の店……。

なんとなく、お洒落な喫茶店とか軽食が好きなイメージだから、ちょっとギャップがあるな。

「お父さん」「が、すごく」「気に入っててねー」

カウンター席に腰掛けながら、秋玻／春珂は言う。

「中学生のと」「きに初めて連れてきても」「らった」「の。初めて」「の、二人での外食だっ

た」

「ほー、そうういうことか」

なるほど、そういう思い出の店、ってことだな。

けれど、小さく違和感も覚えた。中学のとき。初めての二人での外食……。

……あれ？　確か秋玻、小学校のときにお父さんと旅行したって言ってなかったか？　修学旅行でも行った生駒山上遊園地は、お父さんと行ったんじゃなかったっけ？

となると、二人での外食はそれまでもしてそうなものだけど。どこかで二人で、ご飯は食べてそうだけどな……。

……ああ、もしかしたら春珂が、ってことかな。

生駒山上遊園地に行ったのは、まだ春珂が生まれる前だったはず。

だとしたら、春珂がお父さんと外食するのは、初めてってことだったのかもしれない。

なんて、そんなことを考えながらお店のメニューを眺めていた僕は、

「……って安！」

そこに記載されている値段に思わず声を上げてしまった。

「焼きそば並、三百円、大盛りで三百二十円、ジャンボで三百五十……？　しかも、玉子つけてもチャーシューつけても、そんな値段変わらない……。これ、東京の半分くらいの値段じゃないか……？」

「うふふ、すご」「いでしょう」

驚く僕に、秋玻／春珂が自慢げな顔をする。

「しかも、ボ」「リュ」「ームもあっ」「てすごくおいしいの」

「なるほど、岳夫さんが気に入るわけだな……」

そんなことを考えながら、僕は焼きそば大盛り玉子チャーシューを、秋玻／春珂は焼きそば卵チャーシューを注文する。

数分もすると、焼きそばとスープが僕らの前に提供された。

「うおお、おいしそう……」

見るからに、食欲をそそる見た目だった。

銀色の皿の上に盛られた、オーソドックスな見た目の焼きそば。

一目でわかる。これはよそ行きタイプの焼きそばではなく、自宅で作るのに近い、いい意味でチープなタイプの焼きそばだ。

ただ、そこに載っているつやつやで半熟の目玉焼きと、それだけでいいおかずになりそうなチャーシュー。その二つが、この焼きそばをちょっと特別なものにしてくれている。

「味薄」「目に作ってあるから、ソ」「ース」「かけて調整するのが」「お勧め」

「なるほど、ありがと」

手を合わせて小さくいただきますをして、一緒に食べ始める。

「うわあ、これめちゃくちゃおいしいわ……」

一口目から――すでに大当たりなのを僕は確信した。

コシのある麺とそれに絡（から）みつくソース。確かにちょっと薄目の味だけど、チャーシューと合わせて食べるとほどよい塩加減だ。懐（なつ）かしさと特別感。それがほどよく混ざり合っていて、旅行疲れしていてもがっつり食べられてしまう、まさに今にうってつけの一品だった。

ボリュームがあるのも、男子高校生としてうれしい。これなら軽食程度じゃなくて、たっぷり一食分くらいになってくれそうだ。

「うふふ、よ」「かった。気に入ってく」「れて」

隣で麺をすすりながら、秋玻（あきは）／春珂（はるか）も幸せそうな顔をしている。

そして、

「で、こ」「のあとなんだけど」「ね」

改めて、彼女はこちらを向いた。

「行きた」「い」「場所と、その順」「番を考えてみたの」

「ふん、どんな感じ？」

僕は焼きそばの合間にスープを口に運びつつ、二人にそう尋ねた。

＊

そこから——順番に、秋玻と春珂の思い出の場所をめぐっていった。

——駅の近くの本屋で。

二人で棚に並ぶ書籍の背を眺めながら、

「へえ、かなり品揃えいいな。宇田路関連書籍コーナーとかもあるし」

「でしょ。」「ここで」「沢山の小」「説やマンガに出会った」「の」

「確かに、なんか秋玻の好みの雰囲気に近いかもな……。おお、遠藤周作のエッセイある、これ探してたやつだ」

「ほん」「と？　せっかくだ」「し買」「っちゃえば？」

「うん、そうしようかな」

＊

——悲しいことがあると、一人でやってきたという港で。

「あー、ここいいな……」

そうつぶやきながら、僕は思わずその場にしゃがみ込んでしまう。

空をウミネコだかカモメだかわからない鳥が飛んでいる。

遠くを行くタンカーのような大きな船と、その上に浮かんでいる灰色の雲。

物憂げなその光景が、足下を遠くまでうねっている暗い海が、確かになんというか、僕らの悲しみに寄り添ってくれそうな気がした。

秋玻／春珂も何も言わず、ただ僕の隣で目を細め、静かに海を眺めていた。

＊

——坂の途中の小さな公園で。

「おお、ブランコ乗るの、すごく久しぶりな気がする……」

「友達と、よ」「く来」「たんだ」

隣でブランコに乗り、園内に視線を向けながら。

秋玻／春珂は小刻みに小さく揺られている。

「小」「学校終わ」「ったあと、ランドセ」「ル置」「いてみん」「なで集まるの」

そう言う彼女が目を向ける先では、ちょうど小学生くらいの男子たちが、大声を上げながら追いかけ合っていた。

＊

——かつて住んでいたという家の前で。

「今は……他の家族が住んでるんだな」

長い坂を上った先にある、その戸建て。

白い壁と、緑色の三角屋根が印象的な、かわいらしい家。

そこには——すでに現在住んでいる家族が、重ねてきた月日の色が見て取れた。

車庫に置かれている車と、その脇に並んでいる大人用、子供用のいくつかの自転車。

ベランダにかけられた物干し竿は、すでに年季が入り始めていて、

「不」「思議な気」「分……」

その建物を見上げながら、秋玻／春珂はまぶしそうにそう言う。

「もう、こ」「の家を出」「て」「二年以」「上経つのに、た」「だいまって入れば、あの」「頃に戻」「れそう……」

「……そっか」

生まれてからずっと今の家に住む僕には、直感的にはわからない感覚だった。

けれど、そんな風に思う家に、実際は今は違う誰かが住んでいる。

それは一体、どんな気分なんだろう。幼い頃暮らしていた家が、自分のものでなくなるというのは、どんな気持ちになるものなんだろうと僕は考える——。

＊

——そして、僕らがその『小学校』に到着したのは。

秋玻がかつて通っていた、春珂が生まれたその場所に到着したのは——。

午後六時を少し回り。辺りに満ちる光が、強く赤みを帯び始めた頃のことだった。

「こ」「こだ」「よ」

「……そっか」

うなずいて、その校舎を見上げる。

街全体のノスタルジックな色合いに比べると、現代的な印象の校舎だった。

全体的にグレーの、石造りのように見える外観。あちこちにある文化財にもどこか似ているから、これは街の景観を守るためのデザインなのかもしれない。

「——結」「構、きれいで」「しょ？」

「だな……」

「歴史のあ」「る学」「校なんだけ」「ど、校舎」「は最近建」「て替えになったんだ」

ここが——秋玻／春珂の挙げた訪れたい場所リスト。その、最後の行き先だった。

——つまり。

この小学校を見終えれば、秋玻／春珂は病院へ向かう。

それを最後に二人に会うことはもうできず、人格の統合でどちらかが消えてしまう。

だから——答えを出さなければいけない。

秋玻と春珂、どちらを選ぶのか。

その問いに、答えを出さなきゃいけない——。

……認めよう。

僕は、小さく焦りを覚え始めていた。

東京を出て、新函館北斗を出発し、宇田路に到着して秋玻／春珂に案内される過程で。

僕は自分の中で、小さな不安が育っていくのをはっきりと感じ取っていた。

どちらを選ぶのか、という秋玻／春珂の問い。

その答えは、未だに全く見えていない。

募っていくのは、「選ばなければいけない」ということに対する違和感ばかり。

ただ、その違和感が一体何なのか、それをどう秋玻／春珂に伝えるべきなのかわからない。

残り時間ギリギリになった今も、二人にかけるべき言葉が見つかっていない——。

——落ち着いているべきなんだろうと思う。

こういうときこそ冷静でいるべきであること、余裕を持っている方がいいことを、僕は千代田先生の夫である九十九さんから教わった。

けれど——ことがここに至って。

時間的にリミットが近づき、メッキが剝がれつつあった。

「……さ」「すがに」「今は、鍵」「かかってる」「ね」

正門を確認していた秋玻／春珂が残念そうに笑う。

「仕」「方ない、外」「から見よ」「う」

——そうか。なんとなく、校舎の中に入る気でいたけれど。

実際に、秋玻と春珂が毎日を過ごしていた教室を見る気だったけど……今は春休み。

しかも、今となっては僕も二人も部外者でしかない上、卒業生である秋玻／春珂はこの状態だ。入れない可能性だってあったんだな……。

「そうだな、じゃあ敷地の周りをぐるっと回る感じで行こうか」

「うん、それ」「でも十分、色」「々」「見られ」「ると思う」

二人はそう言って、学校の塀沿いに歩き出す。

僕もそれに続いた。

「二ク」「ラスしか」「な」「くて、ちっ」「ちゃな学校で」

「わた」「しはほとん」「ど」「二組だった」

「一組だったの」「は、五年」「生のとき一回だ」「け」

「へえ。あるよな、変に偏ること……」

話しながら、灰色のフェンス越しに校舎敷地内を眺める。北海道だからと広い学校をイメージしていたけれど、宇田路は坂の街だ。立地条件的に、あまりスペースは取れないらしい。

人っ子一人いない、小さな校庭。

二クラスしかない、というのも意外だった。僕が通っていた小学校には全学年四クラスあって、どこの学校もそんなものなのだと思っていた。

でも……うん。

想像してみて、それはそれでいいなと思う。

小さな学校で、幼い頃の秋玻と春珂が、少数の同級生の友人と毎日を過ごしている。

もちろん、辛いことも沢山あっただろう。これまでの二人の会話を思い出せば、むしろ苦しい時期だったのかもしれない。

それでも、こうしてその現地を見るのは感慨深かったし、今の二人にとっても、こうして学校を眺めるのは、どこか当時の自分を供養するような意味もあるのかもしれない。

「――そ」「こが音楽」「室。」「歌はよ」「く褒めら」「れた」

「――やっ」「ぱり、教」「室」「の感じは」「変わったね」

「――そこ」「にいたっ」「て」「実感が」「あんまりな」「い」

「――あの」「雲梯か」「ら春珂が落」「ちた」「ことが」「あって」

「――見て、あの」「木。あれ」「わ」「たした」「ちの代が植」「えた」


ゆっくりと、その周囲をめぐりながら。

秋玻／春珂は、僕にそんな風に説明してくれた。

入れ替わりが激しいせいで、その表情を読み取ることは難しいのだけど。本人たちも、上手く気持ちを表現できなくてもどかしそうなのだけど、明らかにそれまでよりも口数が多い。

きっと――楽しんでくれているのだろうと思う。

懐かしい景色を見ることを、それを僕に見せることを、二人は楽しんでくれている。

こういうことこそが、きっと彼女たちがこの地元でやりたかったことなんだろう。

そして僕も――彼女たちの話に。

その拙い説明に、妙に感じ入ってしまうところがある。

見る限りでは、普通の小学校なのだ。

施設こそ新しいものの、取り立てて特別なところはない小学校。

それでも、秋玻／春珂の話を聴くたびに、その景色に思い入れが宿っていく。

まるで僕もそこにいたような、当時の彼女たちをこの場所で眺めていたような、そんな気がしてくる。

少しずつ──特別な場所になりつつあった。

僕も二人と同じように、この学校を大切に思い始めつつある。

そして──。

「──あ」「そこ」

もう少しで、学校の周りを一周しきる、というところで。

彼女はふと立ち止まり、視線を上げる。

そして、その細い指を視線の先に向け──ここから見える、校舎の一角。

屋上の、隅を指差した。

暮れ始めた空を背景に、金色に輝いている校舎。

西荻(にしおぎ)の放課後と同じ色に照らされた、北国の景色。

「──あそ」「こでね」

「──わたしが」

「──春珂(はるか)が」

「生」「まれ」「たの――」

――春珂が生まれた場所。

秋玻の中に、別の人格である春珂が生まれた。

目の前にいる女の子が、二重人格になったその場所――。

つまりそこは――。

――僕らの間に生まれた全て、その発端になった場所だ――。

一度短く、冷たい風が吹いた。

そのそよぎに髪を揺らす秋玻／春珂。

切なげなその表情を一度目に焼き付けてから――改めて、その屋上に目をやる。

何の変哲もない、銀色のフェンスがめぐらされた屋上。かすかに雪の残る、その一角。

――小学生の秋玻が、かつてそこにいた。

彼女の中に、春珂が生まれた。

二人は、どんな気持ちだっただろう。

どんな気持ちでそこにいて、どんな風に二人はそれを受け止めたんだろう。

そばにいることが、できればよかったのに。

そんな、叶う(かな)はずもない願いを僕は思う。

当時の二人のそばに、いてやれればよかったのに。

きっと、その頃起きていた問題は深刻で複雑なものだ。幼い頃の僕にどうこうできたとは思えない。

だからせめて、そばで見ていることができればよかった。一緒に傷ついて、うろたえて、どうするべきか考えられればよかった――。

けれど、

「……あ」「りが」「とう」

ふがいない気持ちの僕に、二人はそんなことを言う。

「ここまで」「つい」「てきてくれ」「て、あ」「りが」「とう」

「わた」「し」「たちの、生」「まれ」「た場所を見」「てくれ」「てあり」「がとう」

「……何言ってんだよ」

泣きそうになるのを隠して、僕は二人に笑ってみせた。

「僕の方が、見てみたかったんだから。僕がこの街に来たくて、二人に無理言ったんだからさ。むしろ、こっちこそありがとう。連れてきてくれて」

その言葉に、二人はほほえむ。

何も言わず、ただ僕に笑い返してくれる。

その表情に、夕日で暖色に染まる二人の顔に——僕は、ふと実感する。

そろそろ終わりなのだと。

この短い旅の終わりが、すぐそばに迫っているのだと。

*

最後に、もう一度正門を見に行くことにした。

もう一度学校を眺めて、それで予定は全て終了。

そのまま病院に向かうことになる。

そこまでに——僕は答えを出さなければいけない。彼女たちに伝えるべき言葉を、見つけ出さなければいけない。

焦（あせ）りはもはや、はっきりとした質量を持って胸を占有していた。

ギリギリのところで、表情には出ないように押しとどめられている。

けれど、そろそろ限界だ。これ以上は隠しきれない。

結論を出さなければいけない——。

「……水瀬さん？」

ふいに――そんな声が聞こえた。

ちょうど、たどり着いた正門の向こう。

つまり、学校の敷地内から――。

見れば……そこにいるのは、一人の女性だった。

年齢は、四十代中盤だろうか。ラフで動きやすそうな服装をした、明るい表情の女性。

……職員さん？

もしかして、先生……？

なんて考えていると、

「――わー！　やっぱりそうだ！」

彼女はぱっと笑みを咲かせ、こちらへ駆け寄ってくる。

「そうだよね？　水瀬さんだよね⁉　うわ久しぶり、三年……四年ぶりくらい？」

そして、秋玻／春珂も、

「お久し」「ぶ」「りです、名」「倉先生」

予想外だったらしいその女性の登場に、小さく目を丸くしていた。

「中学」「二年生の」「と」「き以来」「だから、そ」「れくらいで」「すね」

そんな秋玻／春珂の口調に、名倉先生と呼ばれた女性は一瞬言葉に詰まる。

それも当然だろう。傍目から見ても、秋玻／春珂に起きている異変は、はっきり明らかなものだ。

細かく入れ替わり続ける表情、何かの間違いみたいに切り替わりまくる声色。

驚くな、という方が無理があるし、理解を求めるなんてことは到底できない。

けれど。名倉先生はすぐに事態を呑み込んだ様子で、

「……なるほど、そういうことね」

納得したような笑みでうなずいた。

無理をする表情ではない、秋玻／春珂に何か配慮したわけではない。

本当にただ、それだけで今起きていることをわかったような表情。

そして彼女は、正門脇の通用口を開けるともう一度僕らに笑いかけ、

「……よければ、ちょっと話していかない？」

──名倉先生は、養護教諭なのだそうだ。

つまり、保健室の先生だ。

秋玻の中に春珂が生まれたとき、最初に異変に気付いたのがこの人で、市内の総合病院に彼女らを繋げたのもこの人だったらしい。

「つまり」「ね」

校庭のベンチに並んで座り、秋玻/春珂が言う。

「わた」「しの、最」「初の恩」「人」

「なるほど……そういうことか」

はじめは一体誰なんだろうと驚いたけれど。秋玻/春珂の受け入れ方が理解できなかったけれど、それならわかる気がした。

この人は──誰よりも早く二重人格に気付き、その解決に動き出した。

もしかしたら、家族よりもこの名倉先生が先だったのかもしれない。なんとなく、秋玻/春珂の口調に、そういう気配を感じ取る。

けれど、

「いやー、言うほどのことはできなかったよー」

名倉先生は、謙遜でも何でもなく、悔やむように言って頭をかいた。

「そもそも、そういう児童が初めてだったし、わたしも勉強不足でね。あわてて色々書籍とか論文とか当たったけど、うーん……今になってみれば、もっとやれたことがあったと思うよ」

「そんな」「こと……」

秋玻/春珂は、短くそれだけ言う。

それでもその口調には、名倉先生に対する信頼と、感謝の色がきちんと浮かんでいるように思えた。

辛い記憶の多い小学校時代だったらしいけれど。少なくとも、信頼できる人もこうしていたわけだ。だから僕は、頭の中で名倉先生に感謝をする。口に出しても、どの立場からなんだと自分で疑問に思いそうだ。あくまで頭の中で、じっと名倉先生の目を見ながら。

「……で、あのね」

と、視線に気付いたのか、名倉先生は僕の方を見て、

「君は水瀬さんの……お友達？　今、みんな東京住んでるのよね？　わざわざこの街に来たってことは……」

なんて、控えめに尋ねてくる。

「もしよければ、事情を教えてもらったりできる？」

そりゃそうだ。なんでこうなっているのか気になるだろう。

僕は秋玻／春珂の許可を得てから、名倉先生にざっと説明する。

二重人格が、終わりに近づいていること。だからこうして、宇田路の病院へ行くためやってきたこと。二人だけで来たことや、このあと病院へ向かう、なんてことまで。

「え～、えっとじゃあ……」

と、名倉先生はちょっと迷いながらも、それでも興味を抑えられない、といった表情で秋玻／春珂の方を向いて、

「もしかして、二人は付き合ってるの……？」

なんだか、妙にうれしそうだった。

あくまで「先生です！」風の真面目な顔をキープしようとしているけれど、口元は緩み、目は興味からか爛々と輝いている。

一瞬「ええ……」と思うけれど。恋バナしてるときの春珂みたいだな、とも思うけれど、まあ……仕方ないのか。小学校のときから気にかけていた女の子が、こうして異性と遠出をしてるわけで……。興味も湧くか……。

そんな名倉先生に、

「付き」「合っ」「てないの」

秋玻／春珂は不満げに訴える。

「わたした」「ちは」「好きだ」「って言って」「るのに」

「なかな」「か選」「んでくれな」「い」

「えー、そうなのー⁉」

心底驚いた様子で、名倉先生はこちらに目を向ける。

「矢野くん……優しそうに見えて、罪な男だねえ……。こんなかわいい、しかも性格も良い子を前にして……」

「……んん、自分でも贅沢な話だと思いますよ」

どう返せばいいのかわからなくて、僕は頬をかきながらそうお茶を濁した。

「でもまあ、ちょっと考えるところがあって……。秋玻と春珂には悪いんですけど、悩ませてもらってるんです……」

我ながら、奥歯にものの挟まったような言い方だった。

逃げ腰というか、何かごまかしているところがあるというか……。

……もしかしたら、怒られるかもしれないと思う。

名倉先生は、なかなかに気風がいいタイプらしい。

こんな風にうじうじ悩み続けている僕に、ふがいなさを感じるかもしれない。

けれど、

「……まあ、それもそうよね」

意外にも、名倉先生はそう言って笑いかけてくれる。

「状況が状況だしね、そんな簡単に答えも出せないでしょう」

「でも、待」「つ側は辛い」「よー」

「それもわかるの」

唇を尖らせる秋玻／春珂に名倉先生は笑う。

「だから、そうね……」

そして彼女は、母親のような柔らかさで僕らに笑いかけ、

「その苦しかった分……辛い思いをした分。納得のいく答えを、きちんと見つけられるように

ね」

*

それからも短く話をして、僕と秋玻／春珂は、小学校を出た。
名倉先生にはきちんと挨拶とお礼を言い、秋玻／春珂は連絡先も交換していた。
それを見ながら――僕は思う。
このあと、名倉先生とラインでやりとりするのは、誰になるんだろう。
秋玻なのだろうか、春珂なのだろうか。
――終わりの時間が、すぐそばに迫っている。

第四十二章
Chapter42

【愁眠】

Bizarre Love Triangle

——駅に向けて、坂道を下っていた。

僕らの背中の方角、山の向こうに日が沈んでいく。

空は紫から濃紺に染まりつつあるけれど、夕日を浴びたちぎれ雲だけが不自然な橙色に輝いていた。

僕も秋玻／春珂も、ほとんど口を開かなかった。ただ、ひび割れたアスファルトと斜度を足の裏に感じながら、ゆっくりと駅へ向かっている。

——胸が高鳴っていた。

名倉先生と別れてから、思考は焼き切れそうなほどに高速回転している。

秋玻が好きなのか。

春珂が好きなのか。

あるいはその、どちらでもないのか——。

もう間もなく、僕はその選択に向き合うことになる。

選ぶ答えによって秋玻、春珂のどちらかが消えてしまう——。

——なのに、見えないんだ。

どうしても、自分の中で答えが見えてくれない。

まだ僕は、何も理解していないのだと思う。

秋玻、春珂という存在が一体何なのか。そんな彼女たちと恋をするということが、一体どういうことなのか。

考えてみれば、僕は自分のことさえ理解できていない。

優しい面も意地悪な面もある。

強引な部分も気を遣う部分もある。

情けない部分も、格好良いと言ってもらえる部分もある。

じゃあ――どれが本当なんだ。

どんな自分が、一体どんな結論を出すべきなんだ。

考えれば考えるほど、思考はひたすら絡(から)まり、ねじれていく。

もはや――どうやったってほどけないのではないか、というほど複雑に。はさみで断ち切ったりしない限りは、解決なんてできそうにないと思うほど強固に。

――気付けば、僕らは駅のそばにいる。

商店街を抜ければ、その先が病院だ。もう数分も猶予はない。

呼吸が荒くなり始める、どうすればいい。ここから、僕はどうすれば――。

――ふいに、秋玻(あきは)/春珂(はるか)がふらついた。

歩いている僕の隣。よろけた彼女は頭に手をやり、その場に立ち止まる。

「お、おい！」

あわてて彼女の腕を掴んだ。

「ど、どうしたんだよ⁉　大丈夫……なのかよ……」

──見れば、彼女は。

秋玻／春珂だったはずの彼女は──激しく明滅していた。

もはや、一秒だって人格が安定していない。

短い残像を残しながら、めまぐるしく入れ替わり続ける秋玻／春珂。

「──。──」

その速度に──もはや言葉も出ないらしい。

二人は口を開き、何かを伝えようとするけれど、声は一切出ていない。

「──。──。──」

「……嘘だろ……」

そんなマヌケな言葉が、口からこぼれ落ちる。

わかっていたはずなのに。いつかこのときがくるとわかっていたはずなのに、それでも僕は目の前で起きていることを受け入れられない。

──これで終わりだと、呑み込むことができない。

人格の統合が始まった。

間違いない、これはそういうことなのだと思う。

これまで別れていた秋玻／春珂という二つの人格が——ついに一つになる。

理屈ではそうだとわかる。

なのに、頭が理解を拒否している——。


「——時間ね」

背後から、聞き慣れた声がした。

「搬送してもらいましょう。もう歩けないわ」

鈴が鳴るような、少女のような声。

けれど、確かにその響きには、彼女の重ねてきた年月が、背景にある知性が滲んでいる——。

振り返ると、先生がいる。

僕と秋玻／春珂の担任である千代田百瀬先生。

低い背と整った顔。昨日の面談時と同じスーツを着て、その肩にコートを羽織り。

——千代田先生はそこに立っている。

しかも……髪が酷く乱れている、目の下にはクマが色濃く浮き上がっている。

先生のこんなところを見るのは、初めてだ。ずいぶんと、疲労して消耗した様子……。

「……なんで、ここに……」

かすれた声が、僕の口からこぼれ落ちる。

「……いつの、間に……」

いるなんて、全く気付いていなかった。

すぐ真後ろに立つ彼女の存在に、一ミリだって僕は気付いていなかった。

そもそも昨日時点では、宇田路には秋玻／春珂とご両親が向かうという話で。当然そこに、担任である千代田先生がついてくるなんて全く聞いていなかった。

それが、どうして……。

「……まあ、こんなことになっちゃうとね」

疲れを隠そうともせず、千代田先生はスマホを短くいじり深く息を吐く。

「自分のクラスの生徒が、学校から抜け出して危険な真似をするとなると……それはもう、わたしの責任なの。どうなるかはきちんと見届ける義務があったし、わたし自身、絶対に放っておきたくなかった……」

そして、先生は呆れたように笑うと、

「でもまさか、ここまでするとは思わなかったわ。さすがにくたびれた……」

——ようやく、理解できた。

ずっと——ついてきていたんだ。

学校を出て、新宿に来て新幹線に乗って。

その過程のどこかで、千代田先生は僕らに追いつきそのまま行動を共にしていた。

表情を見る限り——ろくに眠ってもいないんだろう。

今日だって、その状況でずっと僕らのあとをつけていた……。

「……そんなに怖がらなくてもいいじゃない」

僕の感想は、しっかり表情に出ていたらしい。

千代田先生は、寂しそうにもう一度笑ってみせる。

「仕方ないことでしょう。矢野くんも、どっちがよかった？　本当に何が起きるかわからない、突然統合が始まれば、ケアもできないまま人格がめちゃくちゃになるかもしれない旅をしていたのと。実は大人がついてきていて、問題が起きれば緊急対応をできる旅だったの。前者である方が、後者であるよりずっと怖いと思わない……？」

その言葉に——僕は一言だって反論できない。

先生の言うとおりだ。

千代田先生は悪意でも何でもなく、ただ僕らを心配してついてきてくれていた。

その証拠に——ここまで待っててくれたんだ。

宇田路に着き次第、秋玻／春珂を確保して病院に連れていくことだってできたはず。けれどそうしなかったのは、僕らに後悔させないため。最後の時間を、きちんと一緒に過ごさせるため……。

「……すみませんでした」

素直に、彼女に謝った。

「めちゃくちゃなことして、すいません。迷惑かけて、ごめんなさい……」

そうだ、本当に迷惑をかけてしまった。

勢い任せに行動したけれど、結果として沢山の人を振り回し、不安にさせてしまった。そのことは、まずはきちんと詫びなければいけない。

けれど千代田先生は、両手でぐしゃぐしゃと髪をかくと、

「それは、水瀬さんのご両親に言ってあげて」

その乱雑な仕草に驚く僕に、あくまで冷静にそう答える。

「やっぱりずいぶん、心配したみたいだから。そこはちゃんとして。ただ、わたしのことは……」

と、先生は周囲を見回すと、

「久しぶりに地元にも来られたし……まあ、いいのよ」

懐かしげに目を細め、慈しむような声でそう言った。

——ああ、そうだった。

その言葉で、僕は思い出す。千代田先生は、秋玻／春珂と同じ宇田路市出身。

それをきっかけに、彼女たちの担任をするようになったんだった――。

「……さて」

――そこまで考えたところで。

千代田先生が――周囲に目をやる。

気付けば、通りの向こうから、何人かの大人がこちらに走ってくるのが見えた。

全員、薄緑色の服を着た……おそらく、病院スタッフ。

医療関係者だ。つまり、彼らは――秋玻／春珂の搬送に来た。

その事実に、反射的に身を固くする僕に――、

「矢野くん――本当に最後よ」

――酷く真剣な表情で。

僕に対する厳しさと、それに相反するようにも思える気遣い、優しさを声に滲ませながら

――千代田先生は言う。

「二人が二重人格であるうちに、会えるのはこれが最後。だから――」

そして——彼女は僕の前に立つと、肩にぎゅっと両手を乗せ、

「伝えるべきことは——今、全て伝えてあげて」


千代田先生に促され、僕は秋玻／春珂の前に立つ。

相変わらず、瞬くように入れ替わりを繰り返し、じっと僕を見ている彼女。

その身体を医療スタッフに支えられ、けれど気丈な表情で、僕に向き合っている秋玻／春珂。

——言わなくちゃ。

僕の気持ちを、二人に伝えなくちゃいけない——。

暴れ回る鼓動。寒さなんて関係なしに噴き出す汗。

必死にそれを止めようとする。まずは、落ち着いて考えなくちゃ。

けれど——深呼吸してみても、ぎゅっと目をつぶってみても。

景色に目をやっても、額の汗を拭っても——鼓動の速度は速まるばかりだった。

思考の歯車が嚙み合わないまま、ただただ空回りを続けている。

そうしている間にも、はっきりしていく「選ぶのは間違っている」という気持ち。

——恐怖。

そう、恐怖だ。

秋玻／春珂をもう一度見る。

さらりと艶めく髪と、雪原みたいに白くきめ細かい肌。

ガラス玉のような目と細い鼻、薄桃色の唇。

そして、脈動する心臓と、はっきりとした質量を持って存在する、その身体。

それを持つ二人の女の子、秋玻、春珂の今後が——僕に託されている。

選ばなければいけない。

これからも生きていくのがどちらか、消えるのがどちらか選ばなければいけない——。

そのとき、僕らのそばを通る外国人観光客数名。

そのうちの一人が怪訝そうにこちらを見ると、連れ合いに「TV show? or Youtuber?」なんて尋ねていた。

だとしたら、どれだけよかっただろう。

これが現実でなくて何かのショーだったら、どれほどよかっただろう。

ほとんど八つ当たりのように、僕はその観光客を恨めしく思う。

——酷く手が震えていた。

動揺が、気付かないうちに身体全体に広がっている。

歯の根が合わなくてガチガチと音を立てた。束になった前髪から汗がしたたり落ちる。

視界を滲ませる涙と、意識を揺さぶる額の熱——。

そのとき——ふと、二人が笑った。

秋玻／春珂が浮かべている、慈愛を感じさせる笑み。

二人はゆっくり口を開くと、

「ご」「」「めん」「ね」

「辛い」「こ」「とお」「願い」「」「しちゃっ」「て」「ごめん」「なさ」「い」

「もう」「、」「大丈」「夫」「だよ」

——もう、大丈夫。

がこん、と、その言葉で足下が崩れた感覚がある。

「一」「生懸」「」「命考」「え」「てく」「れ」「ただけ」「で、じゅ」「う」「ぶん」「です」

足から力が抜けて——その場に座り込んだ。

もう、立ち上がることができない。

上手く物事を考えることができない。

それは——秋玻／春珂からの、タイムリミットの宣告だった。

もう答えを求めない。これ以上は、二人で何とかするという宣言——。

——間に合わなかった。

答えを出すことが、できなかった。

僕は、秋玻／春珂の最後のお願いを、叶えることができなかった——。

「お」「願い」「し」「ます」「」

二人の言葉に、病院職員が彼女の両脇を抱える。

商店街の向こう。病院の方を目指して歩き出す。

数メートルほど行ったところで、ふいに秋玻(あきは)／春珂(はるか)が振り返った。

そして、彼女は目を細め口を開くと。

消え入りそうな、今にも風に吹き消されてしまいそうな声で僕にこう言った。

「あ」「りが」「と」「う」

「矢(や)」「野(の)く」「ん」

＊

──どれくらい、時間が経(た)ったのだろう。

もうとっくに、秋玻(あきは)／春珂(はるか)の背中は商店街の向こうに消えていた。

周囲を行く観光客たちが、崩れ落ちた僕を何事かと見るけれど、反応する元気はもちろん立ち上がる力さえ湧いてこない。

──全てが無駄だった。

理屈よりも思考よりも先に、はっきりとそう感じていた。

最後に、僕は二人に答えを告げられなかった。

ずっと考えてきたはずの僕の気持ちを、伝えることができなかった。

全てはそのためだったと言ってもいいのに。常に僕の頭の片隅にその問いはあって、それに答えるために僕は沢山の経験をしてきたのに。

それでも——僕は失敗した。

なら、無駄だった。

僕の全ては、僕らが過ごしてきた全ては無駄だった。

僕が無駄にしてしまった——。

自分への失望と、しでかしてしまったことに対する絶望。

胸にすとんと空白ができて、僕は自分の魂をその穴の中に落としてしまったようで、もはや涙の一滴も出てくれない。

これからどうなるのだろう。

秋玻(あきは)と春珂(はるか)がどうなってしまうのか。どんな風にして人格が統合されるのか。

わからない。わからないけれど、はっきりと感じることがある。

もう、僕が彼女たちに会うことはないのだろう。

こんな結末を迎えて、ふがいない姿を見せてしまって。彼女たちがどうなるとしても、合わせる顔なんてあるはずがない。

僕らの関係は終わったんだ。この宇田路で。酷く情けない結末で。

僕らの物語は、すでに終わりを迎えてしまった——。

「……あのね」

——ふいに、そばで声が上がった。

「本当に……よく頑張ってくれたと思うの」

見上げると、千代田先生だった。

てっきり、医療スタッフと一緒に行ったのだと思っていた。

こんな近くにいたことに、僕は気付いてすらいなかった。

彼女は周りの目も気にせずに、僕の前にしゃがみ込むと、

「沢山のことを、あなたに任せちゃってごめんなさい。大人のくせに、教師のくせに、本当に大事なことを矢野くんに託してしまった。ありがとう、ごめんね……」

見れば、千代田先生は。

目の前でこちらを覗き込む彼女は、泣いていた——。

思わず、意識を全てそちらに奪われてしまった。

この人が、泣くところなんて初めて見た。泣くことがあるなんて、思ってもみなかった。

千代田先生は、不思議な人だった。

美人で人なつっこくて人気があって、けれどどこか踏み込ませないところがある。

この人、異常なまでに頭がいいんじゃないかと感じることもあれば、よくわからない趣味をしているなと思うところもある。

つまり、とっつきやすいのに不思議なところも多い。僕にとって、理解の向こうにある人だった。

そんな千代田先生が泣いている。

僕の目の前で、止めどなく涙をこぼして唇を震わせている。

その表情は——なぜだろう、同世代の女の子のようにも見えて。僕と同じように悩んだり苦しんだりしている、か弱い一人の女の子に見えて、ぼんやりしていた意識が少しだけ現実に向き始める。

「……どうか、自分を責めないで」

千代田先生は、無理にそう言って笑ってみせる。

「色々なことがあったけれど、その全ての責任は周囲の大人が負うわ。未成年のあなたに、わたしたちが頼ってしまっただけ。矢野くんには、落ち度は一つもないの」

——当然、そうは思えない。

これは、僕と秋玻／春珂の関係の物語だ。

その責任は僕らにある。他の人に背負って欲しいとは思わない。

それでも、

「……ごめん……」

そう言う千代田先生がそこにいる。

少なくとも、そのことは今の僕にとって救いなのかもしれないと思えた。

僕とは違う立場で、違う目線で秋玻／春珂と向き合ってきた彼女。思えば、戦友だったのかもしれない。僕らは同じことに悩み、同じ問題に立ち向かってきたのかもしれない。

だからそう、そういう人がいたというだけで、ほんの少しだけ救われている。

──そんなことを考えたのが、千代田先生にも伝わったのか。

あるいは単純に、僕の表情が少し緩んだのか。

「……ねえ」

と、千代田先生は、ふらふらとその場に立ち上がる。

そして、涙を拭うと僕にこう尋ねる。

「ずっとこうしてるのもあれだし、移動しよう。ご飯でも食べに行かない？」

……確かに、いつまでも道端に座っているわけにもいかない。

どこか別の場所に行かないと……。

けれど……ご飯？　確かに、そろそろ時刻は夕飯時だろう。

商店街でも、飲み屋や料理屋が客の呼び込みを始めている。

ただ、全くお腹(なか)は空いていなかった。何かを食べようなんて全く思えない。

じゃあ、どこに行けばいいだろう。このまま野宿するわけにもいかないし、どこか二十四時間営業の店で、夜を明かすしかないだろうか……。

そんなことを考えながら、ふらふらと立ち上がると、

「行こうと思ってたとこがあってね」

千代田(ちよだ)先生が、僕を見上げて言う。

「よければ、矢野(やの)くんも一緒にどうかなって」

「……どこですか？」

そう尋ねて――ようやく声が出た自分に気が付く。

秋玻(あきは)／春珂(はるか)と別れてから、やっと出てくれた第一声。

そして、僕のそんな問いに――、

「えっとね……」

――なぜか千代田(ちよだ)先生は、ちょっと恥ずかしげに笑ってから、こう答えたのだった。

「……わたしの実家」

＊

「――ほらほら矢野くん、これ食べて！　まだまだ沢山あるから！」
「――ちなみにビールはどうだ？　付き合ってもらえるかな」
「――ちょっとお父さん！　矢野くん未成年！　アルコールはダメ！」

……大騒ぎだった。

訪れた千代田邸。

なし崩し的に始まった夕食の席は、大盛況だった。

昨日、千代田先生が帰ってくると聞かされた時点で、先生のご両親は大喜び。市場で地元の海産物を買い込んで、料理を作って待っていたらしい。

テーブルの上には食べきれないほどの食べ物が並んでいた。ちらし寿司に卵焼き、サラダ、肉じゃがなんかの家庭料理。千代田先生の好物だったという、人気店の鶏の半身揚げも用意されている。

そのうえ――先生が生徒である僕まで連れてきたことで、なぜだかご両親のテンションはもう一段階アップ。お父さんがお酒まで出してきて、宴会が始まったのだった。

何だろ……娘の生徒が来るって、そんなにうれしいものなんだろうか……。全然こう、想像つかないな……。教師になった経験も、娘が教師になった経験もないからな、僕……。

……というか、さっきまでの気持ちとこの状況にギャップがありすぎる。いまいち頭がついてきてくれない。謎の状況過ぎるだろ……。いきなり北海道来て色々あって。そのうえ担任の実家にお邪魔して、その両親と食卓を囲むって……。

そんな僕の前で、

「は～……まるで初孫ができた気分だ……」

すでに酔いが回り始めたらしい、お父さんが幸せそうに表情を緩めて言う。

「こんな若い子とご飯を食べるなんて、いつぶりだろうな……」

「しかもねえ、こんな利発そうな男の子……」

お母さんまで、日本酒をちびちび飲みながらうんうんとうなずいている。

「うちの孫だったら、百瀬の子供だったら大喜びなんだけどねえ……」

「いや、子供って……」

千代田先生は、本気で呆れた様子でちらし寿司をお椀によそう。

「わたしと矢野くん、十歳くらいしか違わないんだけど……」

……先生が、『娘』をしてる。

学校ではきちんと教師である千代田百瀬さんが、ここでは一人の女の子として扱われてる……。なんだか、それが新鮮というか違和感がある。

それから、色々言い合いつつも仲よさげな三人を見ていて、ふと僕は「全員よく似ているな」と気付く。お母さんと千代田先生。お父さんと千代田先生が似ているのはもちろん、お父さんとお母さんもよく似ている。これは、もともと顔が似ている夫婦だったんだろうか。あるいは、長年暮らしていく中で、お互いの顔が似ていったんだろうか……。

さらに言うと——戸棚にある、家族写真。

ずいぶん昔のものらしい、まだ若いお父さんお母さんと、子供二人が映っている写真。

そこに見える全員の顔も、そっくりなのだった。特に、子供二人。どちらかが千代田先生で、どちらかが姉か妹なのだろう。その二人があまりにもうり二つで、もしかして双子？　なんて僕は考える。

「……ふふ」

と、ふいに千代田先生がこちらを見て笑う。

「よかった、ちょっとは食べられるようになったみたいで」

——言われて、ようやく気付く。

いつの間にか、食べていた。

僕の手元の茶碗、その中によそわれたちらし寿司を、気付けばちびちびと食べていた。

「それ、我が家の一番人気料理なの」

千代田先生は、どこか誇らしげにそう言う。

「なんてことないちらし寿司なんだけどね。魚は市場で買ったものだから、さりげなくおいしいんだ。おかわりあるから、いくらでも食べてね」

「……そう、ですか」

確かに、なんだか妙に箸が進んでしまった。

特別なところがあるわけでもないけれど、具材の一つ一つが「また食べたい」と思わせる魅力を持っている。酢飯の爽やかさも、消耗しきった精神と身体に優しい。

「そう言えば、九十九くんは元気にしてる？」

お母さんが、ふいに千代田先生に尋ねる。

そうか、このお二人からすれば、九十九さんは義理の息子ということになるんだな。

「うん、元気元気。仕事大変そうだけど」

「またこっちにも来てもらってね。実家がない分、なかなか彼も来づらいだろうし」

「そうだね、タイミングを見てそうする。彼も多分、またそろそろ宇田路来たい頃だと思うから」

——どこにでもある、家族の会話だった。

ごくごく平和で、盛り上がることはないけれどじんわりと幸福のたゆたう、苦痛や悲しみの色のない会話。

並んでいる料理も、専門店のように華やかではないけれど生活に寄り添った、日々の幸福を押し上げるものだった。

それを眺めながら、僕はちらし寿司を食べる。

勢いがついて、卵焼きやえんどう豆、鶏にも手を伸ばす。

おいしかった。消耗しきった何かが、お腹に溜まって満たされていく。自分が徐々に、回復していく感覚があった。

「……っ！」

ふいに——こちらを見た千代田先生が驚いた顔をする。

その動きが一瞬止まる。

何だろう、と顔に手を当て、頬がびしょ濡れになっているのに気付いた。

僕は、いつの間にか泣いていたようだった。

こうしている今も、目からぼろぼろ涙がこぼれていく。

あわてて服の袖で拭うけれど、次から次にあふれ出して止まらない。

そしてようやく、理解した。

僕は今の今まで、泣いてしまう力さえ失ってしまっていたんだ。

あまりの喪失に、ちゃんと悲しむことさえできずにいたんだ。

「……まあ、食べられるだけ食べましょう」

先生はそう言う。

「できるだけ食べて、できるだけ寝て、先のことはそれから考えましょう……」

その笑みに、全てを許すような表情に、もう一度視界に強いぼかしがかかった。

＊

「──本当に、一人で大丈夫？」

千代田先生に、連れてきてもらったホテルのロビーで。

彼女は引き留めるように、酷く心配そうに僕の顔を覗き込んだ。

「うちの部屋、使ってもらってもよかったんだよ？　空き部屋いくつかあるし、寝間着とかも用意できたし……」

僕らがいるのは、駅前すぐのところにある観光客向けホテルだった。

きれいな内装や大浴場などサービスのよさに定評があるらしい。特に朝食のビュッフェが全国的に有名で、テレビで何度も取り上げられているそうだ。僕もなんとなく、その名前に覚えがあった。

ロビーは落ち着いたオレンジ色の光に満たされていた。

その中に、僕のような疲れ果てた十代男子と、同じように疲れ果てた千代田先生が並んでいるのは、傍からはどんな風に見えるのだろう。

「いえ……ありがとうございます、大丈夫だと思います」

千代田先生の申し出はありがたい。

けれど僕は、先生に笑い返すと首を振ってみせた。

「これ以上迷惑かけれませんし、さすがに泊まるのはまずいでしょう。九十九さんにも申し訳ないというか」

もちろん、何かまずいことが起きるとは一ミリも思わない。間違いなんて起きるはずがない。

それでも、微妙に抵抗があるのだ。特に、泣いている千代田先生や両親の前で娘になっている千代田先生を見たあとだからなおさら。今僕は勝手に、千代田先生を教師であるという以上に、一人の仲間であるように感じている。

けれど、

「……なーに生意気なこと言ってんの」

そんな僕を、千代田先生は鼻で笑ってみせる。

「そういうときは、素直に大人に頼ってればいいのよ、子供なんだから」

「……そうですね、そうなのかもしれません」

「……わたしもね」

と、一度ためらうような表情をしてから、千代田先生は切り出す。

「子供の頃、姉を失っているから」

「……え？」

「小さい頃に行方がわからなくなって、そのままだから」

思わぬ話に、返す言葉を失った。

「身近な人がいなくなる辛さは、よくわかるの」

目を細め、つぶやくような声量の千代田先生。

……行方がわからなくなった。

初めて聞いた。千代田先生が、そんな経験をしていたなんて。

きっとそれは——あの家族写真。先生の家の戸棚にあった、写真に写っていた女の子だろう。

千代田先生とそっくりの、双子にも見える女の子。

お腹の辺りにそっと、冷たい風が走った気がする。

どうして？　誘拐？　災害？　事故？　あるいは、千代田先生自身もわかっていない？

それに——幼い頃、姉がいなくなった。

それは千代田先生にとって、どれほど大きな損失だっただろう。

そして……どんな思いで、彼女は僕にそれを話してくれたのだろう。

「矢野くんにとっては、これが恋の終わりなのかもしれない」

言って、千代田先生は唇を噛む。

「この一年大切にしていた気持ちが、おしまいになるのかもしれない。恋は終わり際が肝心なの。だから教師である以上に、一人の人として心配もしていて。今夜ここに泊まるのは、ええ、構わないよ。一人になりたいだろうし」

「……ですね」

「でも何かあったら、遠慮なく頼って。いつでも連絡してくれればいいからね」

「……わかりました」

素直に、そううなずいた。

少しだけ、この人に甘える罪悪感が薄らいだ気がしていた。

「それで明日、早めの時間に東京に戻りましょう。飛行機とか予約するから、また時間が決まったら連絡するわ」

「わかりました」

他にもいくつか事務的な連絡をして、千代田先生はロビーを出て行った。

＊

——用意された部屋。地上七階にある窓からは、夜の宇田路駅前が一望できた。

東京の上野駅をモデルにしたという、古くからある駅舎。

時刻は午後十時過ぎ。辺りのお店は早くも閉まり始めたりもしているようだけれど、列車は定期的に到着するらしい。駅前は帰宅客と観光客で混み合っていて、行き交う彼らが街灯の明かりに照らされている。

空には丸い月が雲の合間に見え隠れしていた。

駅を挟んで向こう側にある山が、その光の影になって黒々と横たわっている——。

——全てが終わってしまった。

そんな景色を見下ろしながら、そのことを僕は、改めて考える。

二重人格は終わり。これまでの僕らの関係も終わり。

そして——僕の恋も、これで終わったのだろう。

そう。おしまい。

僕はそれに、なんら明白な答えを出すことができずに、こうして終わりを迎えてしまった。

——どうしようもない喪失感があった。

これまでも僕は、沢山のことを失いながら生きてきたように思う。

幼い頃に抱いていた、ヒーローになりたいという憧れ。

いつの頃からか抱いていた、自分は何か才能があるんじゃないかという期待。

そういう幼い無根拠な期待を失いながら、僕は高校生になった。失うことにはそれなりに慣れたつもりだったし、現実と希望の狭間で、バランスを取りながら生きていけるようになったつもりだった。

けれど、今回はわけが違う。

本当に、失いたくないものを失ってしまった。

欠かすべきではないものを、欠かしてしまった――。

初めての経験だった。

人生を毀損してしまったという、はっきりとした実感。

もう取り返しがつくことはない。不可逆の、あってはならない喪失。

――その事実を、どうしても上手く受け入れることができない。

どうすればよかったんだろう。僕はどう振る舞えばよかったんだろう。

眠気は全く訪れてくれなくて、かといって考えても答えが出るはずもなくて。

僕はただその迷宮を、行くあてもなく一人さまよい続けていた――。

インターミッション
intermission

【ビューティフル・ドリーム】

——いつものメンバーで、受験勉強をしていた。

三年生の夏休み明けで、柊さんの家の、彼女の部屋だった。

須藤がいて、修司がいて、柊さん、細野もいて。

そして——秋玻と春珂。当たり前に、二人もそこにいる。

今表に出ているのは、秋玻だ。

彼女は参考書に目を落とし、ノートに何かを書き付けながら、

「——好きな作家さんの出身大学に、どうしても入りたくて」

雑談の流れでそんなことを言う。

「だからね、親に無理言って、私立を目指すことにしているの。春珂にそれを話したら、あの子もそれでいいよって言ってくれて……」

「ああ、そういう憧れは大事だよね」

と、修司はノートから顔を上げ秋玻に共感する。

「俺も、目指してる大学に憧れの教授がいてさ。そろそろ現役引退されるって話もあるんだけど、それでもそこがいいなって……」

そんな修司に、柊さんと細野も続いた。

「わたしも、姉が通ってたからって理由だなあ。志望校選んだの……」

「なんかそういう、人の繋がりみたいなのって大事だよな」

——普段通りの、楽しい日常だった。

なんてことない放課後、誰からともなく集まった、こんな時間。

確かに受験勉強は大変だけれど、こうして仲間と一緒になら乗りきれる気がした。

このメンバーとなら、大学に行ってからも。就職して大人になって年を取ってからも、きっとこんな日々が過ごせるはず。

……けれど、何だ？　須藤だけ、不審そうな顔をしてるぞ？

いぶかしげな顔で、秋玻の方を見てるぞ……？　なんか、彼女の発言に引っかかるところでもあったのか……？

——そんなタイミングで、

「あ、ちょっと入れ替わり……」

秋玻は小さくうつむく。

そして、数秒の間を置いて、春珂に入れ替わり顔を上げた。

「……ああ、みんなこんにちは」

春珂は辺りを見回し、現状を理解した様子で、

「また一緒に、勉強してるんだね……」

受験生になったことによって、入れ替わりは彼女たちにとって一層面倒なものになったようだった。記憶が途切れてしまうから、同じことを二人分勉強しなければいけない。

それはつまり、他の受験生に比べて勉強時間が半分しかないようなもので、それでも模試でいい点を出し続けている二人は本当にすごいなと思う。

「……ていうか春珂さ」

それまで黙っていた須藤が、そこで声を上げた。

「秋玻が、憧れてた作家の出身大学に入りたいって言ってたんだけど……」

「ああ、うん。本人そう言ってるね」

「あれ……絶対嘘でしょ……」

低い声で、そう言う須藤。

そして彼女はその場に立ち上がり、犯人に推理を突きつけるようにはっきり言った。

「ただ――矢野と同じ大学入りたいだけでしょあの子！」

――須藤の言うとおり。

確かに、秋玻が受験する予定の都内私立大学は、僕が受験予定の大学でもあった。

彼女もそこを目指すと聞いたときは「もしかして、僕のことを意識してくれたのかな……」なんて思いもしたけれど、まさか須藤、それをこんなにはっきり尋ねるなんて……。

そして春珂も、

「……うん、多分そうだと思う」

なんて、謎にひひひ、みたいな笑い方をしながらうなずいている。

「絶対そうだよ、あの子……。矢野くん狙いだと思う……」

矢野くん狙いて。さすがにそんな言い方しなくていいだろ……。

「しかもね」

と春珂は話を続ける。

「わたしが一人暮らししたいなって話をしたら、あの子すごく食いついてきて……。絶対秋玻、矢野くん連れ込む気だよ……」

「え、マジ⁉」

「実家都内なのに一人暮らしするの⁉」

周囲が一気に色めき立った。

気になったのは、秋玻が僕を連れ込む云々ではなく、春珂の希望している一人暮らしのこと。

「うん、そうしたいなって」

周囲から上がった問いに、春珂は当然のようにこくりとうなずく。

「親にもう話してあって、一応ＯＫもらってるの」

「それは、もしかして……」

修司が探るように声を上げ、

「やっぱりこう、もう大人に近いんだから、バイトとかして自活したい、みたいな……？　春珂ちゃんがそういうこと言い出すの、ちょっと意外なんだけど……」

確かに、意外かもしれない……。

そもそも、僕も春珂が一人暮らししたがってるなんて初めて聞いた。

偉いな春珂。もう自立することを考えてるなんて……。

と、思っていたけれど、

「ううん、自立とかが目的じゃないよ」

春珂はあっさり首を振る。

「わたしも、矢野くん連れ込もうと思って」

「――お前もかい！」

――ツッコんだ。

須藤が、芸人顔負けの勢いでツッコんだ。

周囲から笑い声が上がる。

なんてことのないありふれた、それでもかけがえのなく楽しい時間。

こんな時間が、ずっと続けばいいと思う。

僕がいて、須藤がいて修司がいて。細野がいて柊さんがいる。
そして──秋玻がいる。春珂がいる。
こんな楽しみが、ずっと続いて欲しい。
三人で、いつまでも一緒にいたかった。
──けれど。
そこで──頬に細かい振動を感じる。硬くて短い、小さな震え。
同時に、目の前の景色は砂糖が溶けるようにして消えていって──。

＊

──目が覚めた。ベッドの上にいた。
頬に当たっているスマホ。さっきの振動は、その通知だったらしい。
顔を上げると、目に入るのは見慣れない景色だった。
茶色で統一された狭い部屋。きれいに洗濯され糊の利いたベッドシーツ。
自宅とは違いすぎる風景に、頭が小さく混乱する。
けれど──一瞬間を置いて、理解した。
……ああ、宇田路のホテルだ。

そうだ、僕は……千代田先生に取ってもらった、宇田路のホテルにいるんだ。

時計を見ると、午前五時少し前。

どうやら、いつの間にか眠ってしまっていたらしい。

あんなにも憔悴していたのに。全く眠れそうになかったのに……それでもこうしてしっかり寝ていた自分の身体のままならなさに、小さく嫌気がさした。

――そして、

「夢か……」

深いため息と一緒に、そうこぼした。

「さっき見ていたのは、夢だったんだな……」

秋玻、春珂との受験勉強。

叶うはずのない、僕と彼女たちの未来。

どうしても欲しかったのに、手に入らなかった景色――。

ベッドの上で、膝を抱えた。

もう少しすれば日が昇るだろう。宇田路に朝がやってきて、僕と千代田先生は東京に戻る。

残酷なまでに、僕らは日常に引き戻されてしまう――。

それを今さら止めることはできないし、何より自分で選んだ結末なんだ。

否定しようもないし、そんな未来を生きていくしかない。

それでも――ずっと眠っていられればいいのに。

ずっと夢の中にいられればいいのに。

そんな願いを、僕は抱いてしまう。いつまでも、そんな光景を願ってしまう。

「……そうだ、スマホ」

そんなことを考えていて、ふと思い出した。

さっき震えていたスマホ。あれはきっと何かの通知だ。

何だろう、こんな時間だから迷惑メールだろうか。

スマホを手に取り、ほとんど無意識のうちにロックを解除する。

そう言えば前に、須藤(すどう)が面白かった迷惑メールをコレクションしてたな……。

修司(しゅうじ)や細野(ほその)、柊(ひいらぎ)さんと一緒にそれを見せてもらって、困惑したのを思い出す。

……どんな顔をして、僕は彼らに会えばいいんだろう。

どんな気持ちで僕は西荻(にしおぎ)に帰り、友人たちに会えばいいんだろう。

もう、きっと本当の意味では、帰る場所なんてどこにもないんだ。

戻った先にあるのは、以前の僕らの西荻窪(にしおぎくぼ)じゃない。それとは全てが断絶した場所。そこで僕はきっと、一人の異邦人でしかない――。

――そんな思考は。

ロックの解除された画面。

ディスプレイに表示されていた通知に吹き飛ばされる。
ラインのメッセージ着信通知。
そして、そこに――、
「……嘘だろ」
――信じられない送信者名が、記載されている。
震える指で、メッセージ画面に飛んだ。

水瀬『窓の外を見て』

――二人から、だった。
間違いなく。これまで秋玻、春珂が使っていたアカウントからのメッセージだった。
ひび割れたガラスの画面の向こうに表示されている、無機質な文字。
弾かれるようにベッドの上を移動し、ホテルの窓に張り付く。
眼下の景色、駅前に目をやる――。

――少女がいた。

——見慣れた女の子の影が、駅前に立ちこちらを見上げている。

短めに切られた髪、白く透き通るような肌。
そして、この距離でもはっきりときらめきを感じる、大きな丸い目。
なぜかその身に宮前高校の制服を纏い、寒いだろうにコートさえ着ないでいる彼女。

そんな彼女が——窓に張り付く僕に気付いた。

小さく笑う、その表情。
コンマ何秒という速度で、入れ替わり続ける——秋玻、春珂。

——もう会えないはずの彼女が。

全て終わってしまったはずの二人が、月明かりに照らされて、そこにいた——

【三角の距離は限りないゼロ】

第四十三章

Chapter43

Bizarre Love Triangle

――部屋を転がり出た。

廊下で何度も躓き、そのまま派手に床に転げた。

絨毯の繊維で、肘にしたたか擦り傷ができる。

それでも――一秒が、コンマ一秒が惜しかった。

――駅前にいた彼女。

それが本当に二人だったのか、秋玻と春珂だったのか確かめたかった。

バタバタとはた迷惑な音を立てながら、エレベーターホールに到着。ボタンを連打して、エレベーターが来るのを待つ。

来ない。遅い。

見上げると、現在地表示は気が遠くなるほどゆっくりとこの階に向かっていた。

もう待てない。

もう一度走り出し、階段室に駆け込む。

現在地は七階。一階まで距離があるけれど、じっとエレベーターを待つよりましだ。

転げ落ちるように階段を下りながら、ポケットの中でスマホが震えるのを感じる。

足をやや遅めると、メッセージが何通か、立て続けに届く。

水瀬『終わるまで、あと数十分』

水瀬『最後の時間は、学校で過ごそうと思います』

水瀬『よかったら、来てください』

水瀬『ごめんね』

――一階に着いた。

暗いロビーを駆け抜け、ホテルの玄関を出る。

真っ直ぐ駅前に走り、辺りを見回し――、

「……いない……」

――荒い息とともに、そうつぶやいた。

すでに――秋玻／春珂の姿は見えなかった。

凍えそうな寒さの駅前。辺りに残っている、融雪剤混じりの雪。

月明かりに照らされた、人気のないロータリー。

もう、学校に向かってしまったらしい。

あんなにも、寒そうな格好で。病院の人の付き添いさえない状態で。

……抜け出してきたんだろうか。

もしかして、医師や看護師にも知らせず、こっそり病院を出てきたんだろうか……。

ひとまず、メッセージのとおり学校に向かうことにする。

一度しか訪れたことがないけれど、なんとなく場所は覚えている。

スマホで地図も確認できるし、あわてなければ迷うこともないはず。

駅前の歩道を渡り、歩き出す。

見上げると——東の空はかすかに白みが差し始めていた。

夜明けが近い。

一度風が吹いて、僕は制服のブレザーの前を強く引き寄せる。

——そう、制服。

なぜか、僕はその格好に着替えていた。

ホテルの部屋を飛び出る直前。館内着で表に出るわけにもいかず、あわてた僕が手に取ったのは——一昨日買った服ではなく、鞄にしまってあった制服だった。

ほとんど何の考えもない、反射的な選択だった。

きっと、秋玻/春珂が着ていたからだろう。彼女たちの制服姿が目に焼き付いていて、なんとなく、それと釣り合うような格好を選んでしまった——。

もちろん、寒さ的には大失敗だ。多分この感じ、気温は零度を下回っている。吐く息の白さもずいぶんと色濃い。

それでも――もう構わない。

どんな格好かなんて、今さら気を遣っていられない。

駅前の通りを、学校に向かって足早に歩く。遠くまで真っ直ぐ続くこの道だけど、彼女たちの後ろ姿は見えない。もしかしたら、どこかで近道になる裏通りに入ったのかもしれない。だとしても、土地勘のない僕はわかりやすいこのルートから行くしかない。

――何を話そう。

ふと、そんな疑問が頭をよぎった。

――二人に会って、何を話そう。

どんな顔をして、僕は彼女たちの隣にいればいいんだろう――。

無人のガソリンスタンドの脇を通り過ぎながら、疑問はあっという間に膨らんでいく。

そもそも、なんで彼女たちは僕を呼んだんだ？

今さら、僕に何ができるんだ？

僕は、彼女たちに会っていいのか？

そんなことが――僕に許されているのか？

気付けば、歩く速度がガクンと下がっている。

もう一度彼女の姿を見ることができて、胸にはわけのわからない熱さが灯っていた。その力強さだけで、その駆動力だけで、僕は部屋からここまでほとんど何も考えることなく真っ直ぐ歩いてきた。

それでも――改めて思う。

僕は一体、何をしようというのだろう。

彼女に会って、どうしたいというのだろう。

きっと、会えば答えを伝えなくてはいけない。

秋玻と春珂、どちらを選ぶのか。彼女たちに応えなくてはいけない。

けれど――答えは今も見つかっていない。

だとしたら、どうすればいい？　無理矢理に選ぶ？

そんな風にして、どちらかの存在をこの世から消してしまっていいのか？

大切な秋玻を、春珂を、亡き者にしてしまっていいのか……？

そこまで考えて――完全に足が止まってしまう。

怖かった。

どうしようもなく、恐ろしかった。

僕が、大切などちらかの存在を消さなければいけない。

それも、はっきりと覚悟の決まっていない状態で。確固たる考えさえ、自分の中にないままで。

――できるはずがない。

そう思った。

――選べない。

僕には、秋玻と春珂のどちらかを選ぶことなんて、できるはずがない――。

身体から力が抜けていく。

立っていることができなくなって、その場に崩れ落ちてしまう。

そうだ、ここまでだ。

僕にできることは、結局ここまでだったんだ。

秋玻／春珂にとっても、その方がいいのだろうと思う。

結論さえ出せない僕、そんなやつといるよりも、最後は二人で過ごした方がいい。

残り少ない最後の時間を、秋玻と春珂、二人だけで過ごす。

きっとその方が、美しい結末だ。

その景色の中に、僕はふさわしくない――。

――頭の中に、そんな結論が出た。

これで、僕と彼女と彼女の物語は、終幕だ――。

「……矢野？」

ふいに……僕の名前を、呼ぶ声が聞こえた。
ずいぶん聞き覚えのある、女の子の高い声。
しかもそれが、車道の方から――。
――聞き間違いだろうと思う。
僕を呼ぶ人が、今ここにいるはずがない。
しかもそれが、そんな方角から聞こえるわけがない。
幻聴だ。気持ちがもはや限界で、うっかり聞こえてしまった実在しない声。
けれど――、

「――うわやっぱそうだ!!」

もう一度、今度はもっとはっきりした声で。
見れば、

「みんな!!　矢野いたあああああ!!!」

——雪崩れ出てきた。

僕のいる歩道の脇。

傍らに止まったワンボックスカーから——複数の男女が雪崩れ出てきた。

「——うわマジか⁉」

「——何してるんだよこんなとこで！」

「——どういう状況⁉」

「——えーほんとだウケますねー」

——友人たちだった。

須藤、修司、細野、柊さん、霧香までいる。

僕の地元の、友達五人だった。

彼らが明け方の今、なぜか北海道は宇田路の車道で、ワンボックスカーから転がり出てきた

……。

「え、な……なんで……」

……夢を見ているんじゃないか。

目の前の景色に、僕はそんなことしか思えない。

さっきホテルのベッドで見ていた夢。全部はその続きでしかなくて、だから駅前に秋玻／春珂がいたのも、こうして友人たちが目の前に現れたのも夢に違いない……。

けれど、

「いや追いかけてきたし！」

須藤はこちらに駆け寄ってきながら、そんなことを言う。

「矢野ママから、矢野が宇田路行っちゃったとか聞いて、すげえヤバそうだからみんなで来ちゃったし！」

……ああ、僕の親から聞いたのか。

なるほど、だから宇田路にいるってわかったんだな……。

「……そこまでするか……」

それでも、まだ驚きは消えてくれない。

「わざわざこんな遠くまで……こんな、全員で」

「ふふふ……細野くんが言い出したんだよ」

酷くうれしそうに、柊さんが言う。

「矢野くんたちが北海道に行って、二重人格も終わりで……俺たちこんなとこにいていいのかよ！　って、今すぐ向かおうって……」

「ま、まあ……実際飛行機とか色々手配してくれたのは修司だけどな……」

恥ずかしげに頬をかき、細野は言う。

「だからただ、俺は提案しただけで……」

「……なるほど、そういう経緯か……」

そこまでは、理解できた。どうしてここにいるのか、どうやってここに来たのか。

ただ、このワンボックスカーは何だ？　どうやって手配したんだ。

気になって運転席の方を見ると、

「……やあ、君が矢野くんかー！」

女性が——ハンドルを握っている。

くりくりとした髪と、日焼けした肌が印象的な、活発そうな女性。

……知らない女性だった。

けれど、彼女はずいぶんとうれしげに僕を見て、

「百瀬から、ちょこちょこ話は聞いてたよ。初めましてー！　百瀬の友達の、尾崎志穂里でーす」

「あ、ああ……」

そう言われて——助手席に千代田先生がいるのに気付いた。

顔色がすこぶる悪い、目の下のクマが昨日より一層濃くなった千代田先生……。

どうやら……今夜もまた、彼女は徹夜だったらしい……。

「須藤さんたちから、千歳空港で足止め喰らってるって連絡があって……」

かすれた声で、千代田先生は言う。

「空港着いたはいいけど、宇田路行きの電車終わってたって。だから、志穂里に車出してもらって……」

「うちが子だくさんでよかったねー」

尾崎さんが、千代田先生ににかっと笑ってみせる。

「じゃなきゃこのサイズの車なんて買わなかったよ！」

「ほんと助かった……。ていうか今子供たちは？　子守は大丈夫？」

「うん、夫が見てくれてる」

「そう、よかった……」

そんな風に言い合う先生たち。

それを眺めている僕に、

「……で」

と、霧香が尋ねてくる。

「今、状況はどうなってるんですか～？　こんな時間に道端でしゃがみ込んで～、何があったんです？　秋玻先輩も春珂先輩もいないですけど～」

……そう言えば、この子はなぜここにいるんだろう。

須藤や修司、細野や柊さんがいるのはわかる。

彼らがまとまって行動するのは、これまでも何度もあったことだ。

けれどそこに霧香が交じるのなんて初めてのことで、面識だってさほどはないはずで、メンツの意外さに違和感を覚える。

それに――、

「……状況、は……」

その問いに、どう答えればいいのかわからない。

彼女たちの願いに、応えることのできなかった僕。

最後のこの瞬間まで、そばにいることを諦めてしまった僕。

そんな自分を、目の前の彼らにどう説明すべきなのか。それが全くわからない。

けれど……、

「……僕は」

こんなに遠くまで、友人たちは来てくれたのだ。

僕と秋玻／春珂のことを心配して、夜明けの宇田路までやってきたのだ。

「僕は、ふさわしくないんだと思う……」

だから、せめて少しでもその気持ちに応えたくて。僕は、何とか言葉を絞り出していく。

「僕は……秋玻と、春珂の問いに、答えを出せなかったんだよ……。怖かった……二人の未来を決めるのが、怖くて……それに、気持ちがわからなかったんだよ……」

――なんて情けないんだろうと、我ながら失笑しそうになる。

わざわざ心配して会いに来てくれた友人に、こんな姿を見せている。

間違いなく今この瞬間の僕は、生まれてから今までで、一番格好悪い。

「もうすぐ……二重人格が終わるんだ」

それでも、僕は何とか言葉を続ける。

目の前の面々は、状況の深刻さに表情を硬くし始めている。

かける言葉もないのだろう、目をむいたり、丸くしたり、眉間にしわを寄せたり。

それぞれの困惑に表情を歪め、僕を見ている友人たち――。

「多分、あと数十分……。二人は、一緒にいて欲しいって言ってくれた……。けど……行けないんだよ。僕は、二人のところに行けない……」

――そう言い切ると。

完全な沈黙が、僕らの間に下りる。

聞こえるのは、尾崎さんの車のエンジン音だけ。

風すら吹いていないここは、それ以外は完全に無音で呼吸が詰まりそうになる。

けれど、

「……いや、行けよ」

最初にそんな声を上げたのは――細野だった。

「そんなこと……言ってる場合じゃないだろ？　二重人格、終わるんだろ……？　だったら……行くべきだろ……」

正論だと思う。

全くそのとおりだ、一部の反論の余地もない。

僕は行くべきだ。全ての事情なんて無視してでも、今すぐ学校へ向かうべきだ。

けれど、身体が動かない。どうしたって、僕はその場に立ち上がることができない。

「……結局～、そんなもんですか～？」

あざけるように言って、霧香が笑う。

「はあぁぁ～……つまんねえやつ。こんなつまんねえとは思ってなかったです。あそこまでわたしにたてついておいて、ここでヘタレるとかクソの極みでしょ～。痛すぎて見てらんないんですけど～？」

その言葉の意味だって、理解できる。

半分は本気で、半分は霧香なりのエールだ。

この子は、僕を立ち上がらせようとしている。

それでも——恐怖が全てを上回っている。

僕が、決めていいと思えない。彼女たちの運命を、この手で選んでしまっていいと思えない。

「……やっぱり、無理そう？」

柊さんが、静かに尋ねる。

そしてそれに、修司が小さく笑って、

「まあ……気持ちはわかるけどね。むしろ、よくここまで頑張ったと思う」

なんてうなずく。

そして、修司は意味ありげに須藤を見ると、

「……あれ、見せないか？」

「そうなあ……」

それまで腕を組み僕を見ていた須藤。

彼女はその表情をむむっと悩ませると、

「全部終わったら見せてって言われてたけど……こうなるとね……」

と、ぎゅっと目をつぶり逡巡している。

……あれ？　何の話だ？

みんな、ただここに来てくれただけじゃなかったのか……？

見せるって、一体何をだろう……。

困惑する僕にとは対照的に、

「――よしッ！」

須藤は覚悟を決めたように、その目を見開いた。

「みんな、しゃあない！　今あれ――矢野に見せよう！」

その言葉が合図だったように、友人たちは各自鞄を漁る。

彼らが取り出したのは――、

「……手紙……？」

――切り取られた、ノートのページだった。

そこには、手書きの文字が並んでいる。誰かの手紙のように見える、それ――。

そして――僕はそれに、見覚えがある。

薄くクリームがかったページの色合い。書いた二人の性格の差によるんだろう、文字と文体の違い。

かつて僕が、『彼女たち』とやりとりしていたそれ――。

「ほら、矢野」

それを集めると、須藤はきれいに並び替え、まとめ、僕に差し出した。

そして――彼女は言う。

「秋玻と春珂の、遺書だよ――」

――しばらく鼓動を感じてなかった心臓が、大きく跳ねる。

遺書。その言葉が持つ、あまりに悲しくて重たい意味――。

「ついこの間、渡されたんだ……」

目を細め、須藤は説明してくれる。

「秋玻と春珂が来てね、もうすぐ二重人格が本当に終わる。秋玻と春珂の、どっちかが消える。その選択を、矢野くんにお願いすることになっちゃうって……」

「そうそう、びっくりしましたよ～」

須藤の説明を、霧香が軽い口調で継いだ。

「急に今から会いに来るって言われて、何事かと思いましたー。で、手紙託されて、全部終わったら、矢野くんに渡して欲しいって～」

改めて、手元のページを見る。

きっと、この五人に一ページずつ渡していたんだろう。秋玻と春珂の文字が書かれたノートが、ちょうど五枚。

「多分……心配してたんだと思う」

須藤が、じっとページを見る僕に言う。

「ほら、矢野に辛い選択を強いることになるから……落ち込むんじゃないかって。だから、そんなときにわたしたちが矢野と話すきっかけを作るために、こんなことしたんだと思う。だけどね……」

顔を上げると――須藤が、真剣な目で僕を見ている。

これまで見たこともない、彼女の真面目な表情。

そして須藤は、

「今、読んで欲しいと思うんだ」

はっきりと、そう言う。

「多分、ここに書いてあるあの子たちの言葉は、今の矢野に必要なものだと思う。そうなる予感がして、わたしたちもここに来たんだ。だから……うん、ちょっと約束破っちゃうけど。あの子たちにとってはフライングだけど……それでも、ほら。読んでみてよ……」

言われて、またページに視線を落とした。

もうずいぶんと見慣れたはずの、秋玻と春珂の文字。

こんな風になった今は、もう日常だったはずのその几帳面さや丸みにも、胸を締め付けられるような気持ちになってしまう。

でも——うん。

読もう、と思う。

ページは全部で五枚。それぞれに書かれている文字は、さほど多くない。

全て読んでも、それほど時間はかからない。

僕は一度大きく呼吸をすると、冒頭からその手紙を読み始めた。

――それは、まさに遺書だった。

今手元にあるのは、秋玻のものと春珂のもの、その両方だ。

けれど、実際はそのどちらかだけが僕に渡される予定だったらしい。

つまり、僕の選択によって消えることになってしまう人格が、僕に宛てた手紙だ――。

――それなのに。

文面には、ひたすら感謝が綴られていた。

――あなたに出会えて本当によかったと思っている。

――これまで一緒に過ごせた時間は、本当に宝物です。。。。

――迷惑をかけてごめんなさい。それでも、わたしたちの気持ちにきちんと応えてくれたこと、うれしく思います。

――どうか、自分を責めないでね。。。。これはわたしと秋玻が望んだことだから。。。。。

手が、ぶるぶると震え出した。

久しぶりに、二人の言葉をはっきりと聞いたような気がする。

一昨日部室に集まってからは、全てがめまぐるしく展開していた。きちんと彼女たちとは話ができずにいた。

けれど——そうか。

二人は、こんな風に考えていたんだ。

全てをすでに受け入れている。選ぶのがどちらであっても、受け入れる覚悟をしている。

そして、僕が答えを選ぶであろうことに——感謝している。

——今までありがとう。

——すごく楽しかったよ。。。。。。

——春珂とあなたが、いつまでも幸せでありますように。

——秋玻と矢野くんの幸せを、天国からずっと願ってます。。。。。

自分の中に——強い欲求が生まれた。

不安や恐怖は消えない。それでも、そんな感情を全て覆い尽くすほどの、強い欲求。

——二人を、この手紙の未来に連れていきたい。

秋玻（あきは）と春珂（はるか）が願うのは、きっと今は、一つだけ。

この手紙を書いたときに、思い浮かべていた未来にたどり着くことだけ——。

僕によって、二重人格にピリオドを打たれること。例え自分が消えるとしても、納得のいく形で消えること——。

そしてそれは——きっと、僕によってしかなしえない。

……なら、僕は。

だとしたら、僕は……。

——心臓が駆動し始めたのを、はっきりと感じる。

早朝の宇田路（うたろ）の気温に凍り付いていた身体（からだ）が、熱を帯び始める。

深く息を吸い——そして吐いた。

白い吐息が、蒸気機関車の煙みたいに曇って、明け方の街に溶けていった。

……うん。行ける。

今なら、動くことができる。

「……行ってくる」

立ち上がり、僕は友人たちにうなずいてみせる。

ノートを一度彼らのところに返し、全員に笑いかける。

「ごめん、ギリギリまで心配かけて」

「……ほんとだよ……」

ようやく安心した様子で、須藤ははぁああと深くため息をついた。

見れば、その目には今にもこぼれそうに涙がたゆたっている。

……そうだよな。不安だったよな、須藤たちも。

「……ありがとう」

言って、僕は彼らに手を振った。

「じゃあ、またあとで——」

それだけ言って、僕は走り出す。

そんな僕の背中を、

「——頑張れ、矢野ー！」

「——ビシッと決めてきてくださ～い！」

友人たちの応援が、強く後押ししてくれていた。

最　終　章

Final Chapter

Bizarre Love Triangle

三角の距離は限りないゼロ

——海の向こうに浮かんだ日が、街を金色に染めていた。

赤みがかった夕焼けとは違う、黄金色の光。

思わず目を細めるほどの、清々しくて切ないまばゆさ。

そんな光に満ちる景色の中で——、

「——お」「はよ」「」「う」

——学校の正門前。

秋玻/春珂が立っている。

誰かと待ち合わせでもしているように、背中を門に預け。宮前高校の制服を着た彼女は、いつもの朝、一緒に登校するために僕を待っているときと変わらない姿に見えた。

「ごめん、遅くなって」

そんな二人に、僕は笑いかけてみせる。

「ちょっと、須藤とか修司とかがこっちに来ててさ。会って話してた」

「……そう」「だ」「った」「」「んだ」

短くそう答える、秋玻/春珂。

どうやら、二人にとってもその話は意外だったらしい。

……まあ、そりゃそうだよな。

昨日の今日で、まさか友達が大挙して北海道までやってくるなんて。

それでも……と、僕は思う。

秋玻と春珂が重ねてきた時間は、そういうものだったんだ。彼らは、僕だけのためにここにきたわけではない。間違いなくその行動は、秋玻／春珂のためでもあった。

……それから。

もう一人、この場には僕が挨拶すべき人がいる。

「……おはようございます」

「うん、おはよう……」

僕が呼びかけると——その人は。

秋玻／春珂の横に控えていた名倉先生は、酷く眠そうにあくびしながらうなずいた。

この小学校の養護教諭。秋玻と春珂の二重人格に、最初に気付いたこの人——。

「すいません、こんな朝早くに……」

なんだか申し訳ない気分になって、反射的に僕が頭を下げてしまった。

「秋玻と春珂に……水瀬さんに、呼び出されたんですよね？」

「うん。学校に入りたい、鍵を開けてもらえないかって。しかも、午前五時前に……」

「またそりゃ、とんだ無茶をさせてしまって……」

「んーん。いいのいいの」

言って、名倉先生はその手の鍵の束をじゃらじゃらと鳴らし、

「結構、教師にとってはうれしいものなんだよ？　卒業生の訪問って」

僕らに穏やかに笑ってみせる。

そして、彼女は正門にかけられた鍵を開けると、

「しかもそれが……自分にとって印象深い生徒だとね。規則破ってでも、希望を叶えたくなっちゃう」

その重そうな門を、ゆっくりと一人分の幅だけ開いてくれた。

「……ありがとうございます」

もう一度、名倉先生に深く頭を下げた。

きっとこれは、かなりの規則違反になるのだろう。

誰かに見つかれば、処分だって下されるのかもしれない。

それでも――彼女は、僕と秋玻／春珂を迎え入れてくれた。

秋玻／春珂も、声を出さないまま深く頭を下げた。

名倉先生の案内で、職員玄関から校内に入る。

履き物は彼女に頼んで隠しておいてもらい、かわりにスリッパをもらった。

そして、一連の準備が済んだところで、

「ほら、こっちの鍵も渡しておく」

言って、彼女は別の鍵を秋玻／春珂に託してくれた。

これは？　と言いたげに、二人は首をかしげる。名倉先生は「あなたが生まれた場所の鍵だよ」とだけ言い、廊下を歩き出す。

「わたしは保健室にいるから、何かあったらすぐに来て」

こちらを向き、それだけ言う名倉先生。

「ありがとうございます」

と、僕らはもう一度彼女に頭を下げた。

そして——僕と秋玻／春珂だけが廊下に残され、

「行」「こ」「」「う」

と、彼女が言う。

「うん。どこに行きたい？」

「時」「か」「んが」「」「な」「いか」「ら、二」「」「」「箇所」「」「だ」「け」

「ま」「ず」「は教」「室」

＊

秋玻／春珂に肩を貸し、階段を上っていく。

二人が目指しているのは、彼女が通っていた教室。

ちょうど二重人格になったときに通っていた、四年二組の教室のようだった。

窓から差す光が、黄色から白に変わりつつあった。

その色合いの中に、クラゲのように漂っている埃の粒たち。

光線の届かない暗闇には、夜の黒さが溶け残った雪みたいにわだかまっている。

そんな光と影の境界を——僕らは階段を、一歩一歩上っていく。

「……大丈夫？　ペース速くない？」

僕のその問いに、秋玻／春珂はめまぐるしく入れ替わりながら、こくりとうなずいた。

もはや、彼女たちの入れ替わりは目で追うのがやっとの速度になっていた。

本人も、それほどの速度だとほとんど何もできないらしい。口数もずいぶんと少なくなり、足取りも酷く危なっかしかった。

そんな彼女と、僕は早朝の小学校を歩く。

高校とは違って、ずいぶんと無邪気な印象の内装だ。

廊下にある手洗い場は背が低いし、教室に並んでいる机や椅子もミニチュアみたいに小さい。

それから、ところどころに貼ってある掲示たち。

高校にある事務的な掲示と違って、イラストが添えられていたりふりがなが振ってあったりと、印象が柔らかい。

ここに通う児童たちが、しっかりを愛情を受けて育っているのを感じて、なぜだか涙がこぼれそうになった。

――大きく深呼吸する。

校舎特有のニスの香りと、すぐそばにいる秋玻/春珂の甘い香り。

……なぜだろう。

ふいに、答えが僕の指に絡まった感触がある。

これまでずっと追い求めても、手に入らなかった僕らの結論。指の間をすり抜けてきたそれが、今きっと――僕の指に絡まった。

ああ……あと少しだ。

僕らはあと少しで、求めていたものを手に入れられる――。

「こ」「っち」

三階に着いたところで、秋玻/春珂が廊下を指差した。

僕は彼女の言うとおり、人気のない廊下に向けて歩き出す。

「――ここ」

秋玻/春珂がそう言って指差したのは――何の変哲もない教室だ。

入り口の上に掲げられている、「4―2」のプレート。

鍵は……開いているらしい。

恐る恐る扉を開け、中に入る——。

「……おお……」

小さく、そんな声を上げてしまった。

——初めてなのに、どこか懐かしかった。

宮前高校と同じで、始業式前なんだろう。掲示が全て剝がされ、机と椅子だけがあるプレーンな教室。黒板も教卓もロッカーも、机と椅子も。全てが小学生向けのサイズだ。以前は自分もこんなサイズの空間にいたのかと不思議な気分になる。

新鮮なのに見覚えのある風景。

かつて自分が、ここに通っていたような錯覚。

そんなわけのわからない感覚に、僕はしばし言葉を失う。

そして——秋玻／春珂。

窓から差し込む日差しを全身に浴びて、目を細めている彼女たち。

そんな彼女たちの姿にも、僕は見覚えがあるような気がする。

少し考えて——すぐに、気が付いた。

そう、最初に会った日だ。ちょうど、今から一年ほど前。僕らはこんな風に、朝の教室で出会った。

それが全てのはじまりだった——。

そのときと、ほとんど変わらない光景が目の前にある。

――ふいに、当時の感覚が蘇る。

作っているのが嫌だった僕。それでも、キャラ作りを辞められないと感じていた。そこから逃げられないと思っていた僕。

そこに現れた、秋玻と春珂。それをきっかけに、僕の胸に芽生えた感情――。

先日、霧香とも振り返ってみた一連の出来事。

今になってあの景色には、重要な秘密が隠されているような気がした。

結局、全てがそこにあったような。最初から、答えがそこにあったような気がした――。

「……そうだ」

と、もう一つ僕は思い出す。

「あとは、『スティル・ライフ』だよな……」

僕の好きな小説。秋玻と話すきっかけになった、その冒頭。

ふいに、そのフレーズが僕の頭の中に響く。

あの日――秋玻が諳んじてくれた、その声色で。

『――大事なのは、山脈や、人や、染色工場や、セミ時雨などからなる外の世界と、きみの中にある広い世界との間に連絡をつけること、一歩の距離をおいて並び立つ二つの世界の呼応と調和をはかることだ。たとえば、星を見るとかして』

——背筋を、何かが走り抜けていった。

性的な快感や寒気、感電の衝撃にも似た——鮮やかな感覚。

——摑んだ。

はっきりと、そう思う。

僕は今、その一説で——『スティル・ライフ』の冒頭で。僕らの答えの端を、しっかりと摑み取った——。

まだ、言葉にはなっていない。

あるのはフワフワとした感覚だけで、理屈として形にはなっていない。

けれど——すでに僕は、それを知っている。僕は、僕らを許すことができる——。

……あとは伝えるだけだ。

考えながら、窓から朝の宇田路の街を見下ろす。

秋玻と春珂に、僕の答えを伝えるだけ——。

それで、全てが始まる。そう、終わるんじゃない、始まるんだ。

そんなことにさえ、僕は、秋玻と春珂は気付いていなかったんだ——。

「……ど」「う」「」「した」「の？」

ふいに、秋玻／春珂が怪訝そうに尋ねてきた。

「矢」「野く」「」「ん、笑」「って」「る……」

「……ああ、ごめん」

なんだか照れくさくて、小さく頬をかいた。

そうか、僕は笑っていたのか……。けれど、うん。

確かに、今僕はうれしかった。いや、うれしかった、というのも違うのかもしれない。

生きていける。はっきりと、そう思っている。

これまで背負っていたものを下ろす術を見つけた。なら僕は、きっとこれからの人生を生きていくことができる。

だからそれを、二人にも伝えたい。

自分の気持ちを、秋玻／春珂にも——いや、違う。

『彼女』にも、伝えたいと思うんだ——。

＊

「……ここか」

「う」「ん……」

――最後にやってきた、屋上。

案外広いその空間は、朝の光にきらめいていた。

東の空、太陽はすでに水平線の上にその全身を覗かせている。

街をすり抜け届いた陽光は、そこかしこに残る雪で乱反射して、思わず僕は目を眇めた。

世界がわかる気がした。

僕らが立っている、この校舎。

その下にある宇田路の大地と、向こうにある海。広がっている空。

その全てが一望できるここから、僕は世界の存在を感じ取る。

秋玻／春珂はゆっくりと歩き、フェンスの張り巡らされた屋上の端、その一角で足を止めた。

――春珂の生まれた場所だった。

昨日、二人が指差していた場所。

秋玻の中に春珂が生まれ、二人が二重人格になった場所――。


「こ」「こで」「ね」

秋玻／春珂が言う、

「辛」「くて」「」「苦し」「く」「て、仕」「方な」「いと」「」「きに」

「春」「珂が」「生」「まれ」「たん」「だ」

「……そっか」

うなずいて、並んで景色を眺める。

朝日に照らされる住宅街の屋根と、その向こうに広がる石狩湾。

ここにいた『彼女』は、どんな気持ちだったのだろう。

小学生にして重圧に晒され、一人でここに来た彼女。

どんな気持ちで海を眺め、一体何を願ったんだろう——。

小さく、胸に痛みを覚えた。幼い彼女が味わった苦痛。人格が別れるほどの苦しさ。

それを、少しでも僕が肩代わりできればよかったのに。そのときそばにいて、楽にしてあげられればよかったのに。

決して叶うはずのない、夢想のような願い。

そんなものを、僕はこのタイミングでも抱いてしまう。

だからせめて——これからは、そばにいよう。

これからの人生で、僕は『彼女』のそばに立っていようと、心に決めた。


「——矢」「野く」「ん」

秋玻／春珂が、僕を呼んだ。

「ね」「え、こ」「っち向い」「て」

景色から、視線を二人に移す。
残像を残しながら、めまぐるしく入れ替わる二人。
彼女たちは口を開くと、

「終」「わり」「の時間」「で」「す」

僕にそう告げる。
そして——原初の問いを。
最初から僕らの間にあった問いを、もう一度僕に投げかける。

「——どっちのわたしが好き？」

——答えよう。
大きく息を吸い込んで、僕は覚悟を決める。
もう、それは僕の中にはっきりとある。

それを今——二人にきちんと伝えよう。

一度咳払いして、真っ直ぐ秋玻／春珂に向かい合うと、

「……まず、秋玻」

最初に、彼女の名前を呼んだ。

そして——、

「——ごめん、君じゃないよ」

——端的に、そう伝える。

入れ替わり続ける秋玻／春珂。その表情が、ぐらりと揺らいだ気がした。

だから、

「それから……春珂」

僕は、間を開けずにそう続ける。

そして——、

「ごめん——君でもない」

——二人が、目を見開いた。

瞬きのリズムを大きく揺らしながら、彼女たちは目を泳がせる。

けれど――間違いない。

僕が恋をしているのは、秋玻でも春珂でもない。夢で見たとおりだ。僕は、その二人のどちらでもない女の子に恋をしている。

きっと、最初からそうだったんだ。

秋玻／春珂に出会ったあの日から、僕は『彼女』に焦がれていた。

『彼女』の存在を、心の中で強く求めていた――。

しばらく考えるように、秋玻／春珂は口をつぐんでから。

「意」「外」

まずは、短くそう言った。

「誰だ」「ろ。」「伊」「津佳」「ち」「ゃん」「？　霧」「香ち」「ゃん？」

そのどちらにも、僕は首を振ってみせる。

すると、一層秋玻／春珂は動揺した様子で、

「ま」「さ」「か」

「時」「子ち」「ゃ」「ん？」

「千」「代」「田先」「生？」

「あはは、そんなわけないだろ……」

思わず笑ってしまった。柊さんや千代田先生だったら、大事件だな……。そんなのもう、細

野と九十九さんに合わせる顔がないじゃないか。そもそも、振られるだろうしな。だとしたら悩むような余地もない。

僕の表情に、思い過ごしだと理解したのか。

秋玻／春珂は、肺から深く息を吐き出した。

そして、もう一度僕を真っ直ぐ見て、改めて尋ねる。

「じ」「ゃあ」「、誰？」

――そう。それが問題だ。

秋玻や春珂ではなく、僕が誰に恋をしているのか。

こんな一年間を過ごしてきて、一体誰のことを好きだったのか。

けれど、

「ごめん……今はまだ、答えられないんだ」

僕は秋玻／春珂に、そう答える。

「だって……僕はまだ、その子の名前を知らない。ずっとそばにいたのに、なんて呼べばいいかわからないんだ」

相変わらず、秋玻／春珂は怪訝な顔をしている。

本心から、僕の言うことが理解できない様子。

「……じ」「ゃあ」「、ど」「んな」「子？」

「そうだな……」

尋ねられて、考える。『彼女』がどんな子なのか。

もちろん、僕はそれをよく知っている。一年間、僕は『彼女』のそばで、そのあり方を見守ってきたからだ。

「すごくしっかりしてるけど、ものすごくドジなんだ」

まずは、そう口に出した。

「勉強もしっかりするし几帳面だし、真面目なタイプだよ。でも、勉強をサボるしずぼらだし、不真面目なんだ」

もう一度、困惑の表情になる秋玻／春珂。

けれど、事実そのとおりなのだ。それに、これだけじゃない。

「女の子っぽいものが好きでさ、けど男物っぽいのが好きなんだ。部屋にかわいいぬいぐるみがあって、ぼろぼろのごついブーツを履いていたりね。それから、ジャズが好きで、アイドルソングも好き。自分に自信がないし、すごい自信家でもある。控えめなんだけど、結構強引なところもあって……見た目はそうだな、きれい系で、かわいい系だな」

眉間にしわを寄せ、じっとこちらを見る秋玻／春珂。

彼女たちは、けれど僕が真剣に話していると理解した様子で、

「……変」「だ」「よ」

ぽつりと、こぼすようにそんなことを言う。

「そ」「んな」「子」「いな」「い」「よ。矛」「盾して」「る」

「……あはは、そうだな」

自分で言っておきながら、そう指摘されて笑ってしまった。

秋玻／春珂の言うとおりだ。確かに矛盾している。

しっかりしていてドジ。勉強はするしサボる。几帳面でずぼら。真面目で不真面目。

全くの正反対だ。そんな性質が一人の人間の中にあるなんて、矛盾している。

けれど――、

「そう、そうなんだよ」

――僕は、それを強く肯定する。

そして――、

「僕らは――矛盾するんだ」

秋玻／春珂に――目の前の『彼女』に、僕は言う。

「夏の蒸し暑さと蟬時雨の透明さみたいに。列車の速度と線路のサビみたいに。ボールペンで書いたノートの文字と百年前の歴史みたいに。ブレザーを突き抜ける寒さと、差し込む朝日みたいに――」

気付けば――僕は笑っている。

言葉を一つ重ねるごとに、肩に乗った重みがどこかへ消えていく。

世界は矛盾している。何も、一つの軸で測れやしない。

「僕らは——そんな世界にいて、僕らの中にも世界があるんだ。意地悪で優しくて、繊細で鈍感で。……ねえ」

僕は——『彼女』に呼びかける。

「だから、君もきっとそうだったんだ。沢山の矛盾が、君の中にあった。なのに……きっと、そうではいられなくなったんだよな……」

唇を噛み、僕は当時の景色を必死に想像する。

ここからは、僕のイメージも含む話だ。確かなことは、わからない。

けれど——決して外れてはいないはず。『彼女』の心に届くはず——。

「少しだけ、話してくれたよな。家庭に辛いことがあって、そのストレスで二重人格になったって。矛盾した君は、きっと真面目でなきゃいけなかったんだよな。誰かを支えるために、あるいは自分を守るために。真面目で、強くて、しっかりして、冷静でいなきゃいけなかった。もしかしたらそれは、誰かの代わりになるためだったのかもしれない……」

——その言葉に。

僕の想像に——目の前の『彼女』が目を丸くする。

伝わっている。僕の考えていることは、きちんと『彼女』にも響いている——。

「だから——君は、君を押し込めたんだ。矛盾していたはずの君は、あるべきでない側面を押し込めた。そしてそこに限界が来たんだ。そのとき生まれたのが『秋玻』と『春珂』だったんだ。矛盾した君が、要素によってその二人に別れた——」

——きっと、そうなのだろうと思う。

ほとんど確信に近い気持ちで、僕はそう思っている。

だって——僕自身がそうだったんだ。

「あのさ……僕も、矛盾してたんだよ」

言いながら、僕はもう一度笑う。

それを認めてしまうことで、跳ね上がりたいほどの軽やかさを覚える。

「強引で繊細だった。敏感で鈍感だった。優しくて意地悪だった。沢山の自分がいて、それが全部僕だったんだ。矛盾してたんだ。つまり、何だろう……僕の中にも、四季の中にも、言ってみれば色んな人格がいたんだよ。何だろ、春樹とか？　秋夫とか？　名前はわからないけど、そういうやつらが……。僕は、それを無理に、一つにまとめようとしてたんだ。無理に決まってるよな、そんなの……」

本当に苦しかった。

確かにそこにある、僕の性格。

それをあり得ないものとして否定してしまうのは、まさに自分自身の否定だ。苦しまないはずがなかった。

「けど――」

僕は――声に力を込めて続ける。

「今僕は――それを受け入れたいんだ。僕は、矛盾していたい。そして、目の前にいる、矛盾している君に恋している。矛盾を受け入れられなくて、二つに分かれてしまった君に。だから今――知りたいと思うんだ」

そう言って――僕は『彼女』の手を取る。

秋玻(あきは)であり春珂(はるか)であった、その両方を宿していた『彼女』の手を取る。

「君のそばにいたいと思うんだ。君に、恋をしていたいと思うんだ――」

僕は――その手にぎゅっと力を込める。

そして、僕の願いを。

確かめたいことを、彼女に伝える。

「君の名前を――矛盾した全てを、教えて欲しいんだ」

「僕は――君が好きだから」

──『彼女』は小さくうつむく。

その表情が、前髪に隠れて見えなくなる。

そして、そのままの姿勢で、

「ありがとう」

はっきりと、彼女はそう言った。

「わたしは……わたしだったんだね。秋玻でも、春珂でもあったんだ……」

「うん。そうだよ」

「ありがとう──教えてくれて」

そして──彼女が顔を上げる。

その目が、真っ直ぐ僕を向く。

何億光年の暗がりに、銀河を宿したその瞳。

生真面目そうな白い頬と、いたずらに緩んだ口。

僕の手を握り返す力強い指の力と、その肌の柔らかさ──。

『彼女』が、そこにいた。

僕がずっと探していた、恋をしていた少女。

『彼女』が今、僕を真っ直ぐ見つめている。

そして、その薄い唇をゆっくりと開くと——、

「——初めまして、矢野四季くん」

「わたしは——水瀬暦美といいます」

「あなたのことが、大好きです——」

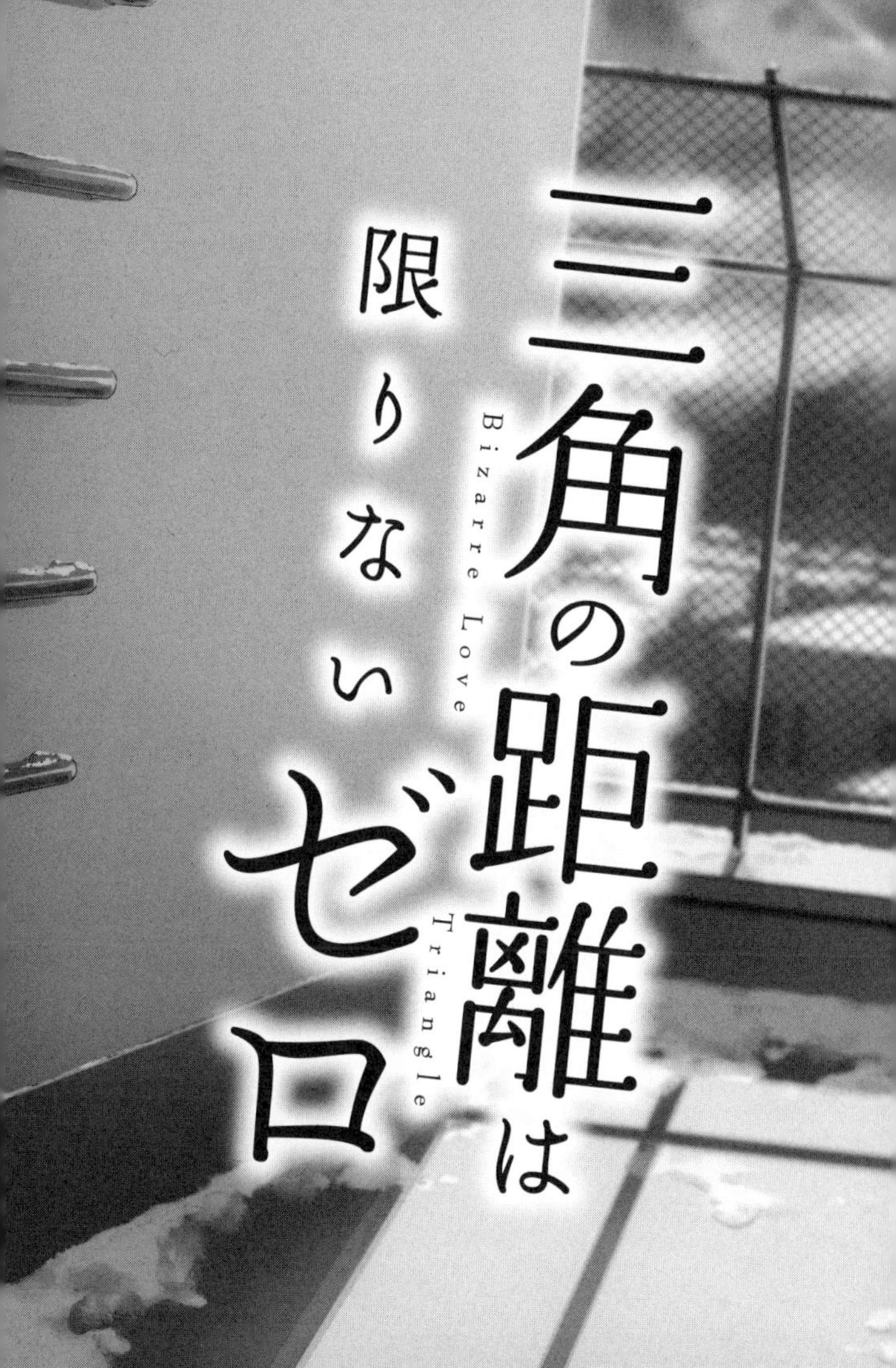
三角の距離は
限りないゼロ
Bizarre Love Triangle

エピローグ
Epilogue

Bizarre Love Triangle

「——えー、じゃあ暦美とは、一旦ここでバイバイかあ……」

集合した病院のロビーにて。

暦美と対面した須藤は、残念そうに唇を尖らせる。

「皆でこっちくるの楽しかったからさあ、帰りも楽しみにしてたんだけどなー。一緒に飛行機乗れるかなって……」

——平日の早朝。

できてまだ間もないらしい宇田路総合病院の新館ロビーは、健康的な慌ただしさでくるくると回転していた。

入り口からやってくる子供連れの女性。楽しげに談笑している高齢の方々。

何かを納入しに来たのか、業者のような若い男性も見える。

さほど緊迫したことも起きていない、平和で清潔な風景。

そんな中——僕らのような高校生がたむろしているのは、やっぱり違和感があるらしい。

周囲の来客や患者さんからは、不思議そうな視線がちらちら寄せられていた。

「まあまあ、でも検査終われば、早めに東京に戻ってこられるんでしょ？」

不満げな須藤を、修司が苦笑気味になだめている。

「こっち戻ってきたらまたいくらでも時間あるし、旅行行ったりもしようよ」

「……まあ、そうねえ」

——秋玻／春珂の人格が統合し、暦美になったあと。

僕らは名倉先生に鍵を返し、起きたことを説明、深く深く礼を言ってから、二人でこの病院までやってきた。

緊急で検査が行われ——結果は良好。

人格は前例が見当たらないほどに安定して統合された。

ちなみに、院内で顔を合わせた岳夫さんには本気で怒られた。

声を荒らげられ、殴られることも覚悟した。心配した看護師さんが、途中で間に入ってくれるほどだった。

けれど、僕はただ深く頭を下げ、彼に謝り続けた。自分の無茶を。秋玻と春珂を危険な目に遭わせたことを深く詫びた。

怒られて当然だ。殴られたってしょうがない。

けれど——岳夫さんはひとしきり怒ったあと。僕を抱きしめ、大泣きした。

よほど感情が高ぶっていたんだろう、その体温と声量の大きさに、なぜか僕まで少し泣いてしまった。

その後、病院のロビーにて。

引き続き検査が行われるけれど、一ヶ月ほどで、東京に戻ってこられることを暦美は教えてくれた。どうやら、わざわざ検査を抜けて教えに来てくれたらしい。

そして、そんなタイミングで——呼び寄せていた須藤たちが到着した。

「いやこの街、ご飯おいしすぎなんだけど……」

うれしさに顔をてらてらさせながら、須藤はそんなことを言っていた。

どうも、全員で三角市場の中にあるお店で、朝ご飯を食べてきたらしい。いくら丼だとか三色丼だとか、そういう海鮮をたんまりと……。

……うん、それはちょっとうらやましいな。僕も食べてみたい……。

彼らはそのまま暦美とも対面。しばらく会話をし、

「……不思議な感じだね……」

柊さんは、その途中ぽつりとそんな言葉をこぼしていた。

「暦美ちゃん……初めてなのに、わたし、そんな気がしないよ……。ちゃんと、秋玻ちゃんと春珂ちゃんの、両方がいる……」

——それは、僕も感じていたことだった。

頭では、そうなるのだとわかっていた。

『彼女』がきちんと、自分の中の『秋玻』『春珂』を認められれば。その存在を、両方等しく受け入れることができれば、二人の存在は『彼女』の中で溶け合って生き続ける。

けれど——それが実際、こうして目の前で形になると。

暦美という形で、一人の女の子として息づいていると、『初めまして』の気持ちと慣れ親し

んだ気持ちの間で、不思議な気分にもなるのだった。

　そして、ひとしきりこのあとのことなども話した現在、

「……矢野は、大丈夫か？」

　細野が僕にそう言って、話題の矛先がこちらを向く。

「結構ここしばらく、無理したんだろ？　体調は、どうなんだよ」

　……体調、か。

　他のことに精一杯で、全然気にしてなかったなそこは……。

「……まあ、お腹空いたくらいかなあ」

　うん。痛いところ苦しいところがないか考えてみたけれど、特にはない。

　空腹なのと、ちょっと眠たいくらいだろうか。酷く疲れてはいるけれど、それを上回る充実感と、うれしさもある。

「このあとは、どうするんだよ？」

「んーひとまず色々落ち着いてから、西荻帰る感じかな……。学校あるし、あんまこっちでゆっくりもしてられないし……」

「あ、じゃあ！」

　と、霧香が、名案！　とばかりにポンと手を打った。

「なんかちょっと食べてから、わたしたちと帰ります～？」

「……ああ、そうだね、それがいいかも」

「じゃあ、あれ行きません⁉　回転寿司！　北海道の回転寿司って、ヤバいおいしいらしいじゃないですか～？　一回行ってみたかったんです！　まあまあお腹一杯のわたしたちも量調節できますし、ちょうどよくありませ～ん？　皆さんどうです？」

「いいねー！　霧香ちゃんナイスアイデア！」

「俺ももうちょっと食べたかったから、賛成だな」

賛成多数で、僕らは回転寿司へ向かうことになる。

だからそろそろ——一日暦美とはお別れだ。

「……じゃあまた」

見送りに来てくれた彼女に、手を振りながら僕は言う。

「西荻窪で、暦美と会えるのを、楽しみにしてるよ——」

暦美がこちらに手を振り返す。

その軽やかな手の動きを、ちょっと切なげな笑みを、僕は一生忘れないだろうと思う。

＊

——なんと、新幹線で帰ることになった。

みんなで回転寿司を食べたあと。駅前のドーナツ屋で、千代田先生を交えて帰り方を相談する中で、そういうことになった。

というのも、

「……俺、新幹線で帰る」

細野が、そんなことを言い出したのだ。

「飛行機……乗らない。新幹線で帰る……」

どうやら、ここに来る途中で乗ったのが、彼にとっての初飛行機だったらしい。

そしてそれが――めちゃくちゃ怖かったそうなのだ。

顔面蒼白になるほどに、恐ろしかったそうなのだ。

……想像すると、気の毒だけど笑えるな。このぶっきらぼうな細野が、飛行機でビビってるとこ……。

そして多分、柊さんは「そんな細野くんもかわいい……」とか思ってたんだろうな。今もほら、なんかほほえましげに細野のこと見てるし……。ついでに言うと、霧香も半笑いになってるよ……。多分コイツ、脳内で「ダッサ！！！」とか思いながら爆笑してるぞ……。

とは言え、

「えー！　大丈夫だよ別にー！」

オールドファッションを囓っていた須藤が、不満げにそう言う。

回転寿司(ずし)でも結構食べてたし、どれだけカロリー摂取するんだコイツは……。

「別に落ちたりしないって！　新幹線だとめちゃくちゃ時間かかるし、言うて飛行機と値段変わらないし！　だから諦めて、帰りも飛行機にしようよ！」

「……しない」

青い顔で、細野(ほその)は首を振っている。

「俺、一人で新幹線で帰る……。皆は飛行機乗れよ……」

「……んも――！！！」

――ということで、そんな細野(ほその)を一人にするわけにもいかず。

皆で新幹線で帰ることになったのだった。

全員呆(あき)れ気味の中、意外にも霧香(きりか)が乗り気なようで、

「まあまあ、これもいい機会じゃないですか～」

なんて、なんだか愉快そうにみどりの窓口へ向かっていった。

「こんなときまで効率最優先にしちゃ、ちょっと味気ないですよ～」

＊

――宇田路(うたろ)から、新函館北斗(しんはこだてほくと)まで移動し。

東京行きの新幹線に乗り換えた頃には、日がずいぶんと西の方角に傾いていた。

「西荻窪に着くのは……夜遅くになってからだねえ……」

スマホで到着時間を確認して、僕の隣に腰掛けた須藤がそう言う。

「まあ、駅弁食べながらのんびりしようかー……」

「だな。ここまで電車で来るのも、結構疲れたしな……」

僕がそう返すのとほぼ同時に、列車がゆるゆると走り出す。

あっという間に車両は加速して、駅舎が視界の向こうに消えていく。

――これで、一つの区切りだという感覚があった。

僕は北海道を離れ、地元西荻窪に戻っていく。そこで始まる、新たな日常。

山の向こうに日が沈むのを眺めながら、それがどんなものになるのかをぼんやりと考える。

見れば――友人たちも。

シートを回転させ、一つのボックス席に収まった僕の友人たちも、同じような顔で景色を眺めていた。

ちらちらと流れる光を顔に受け、列車に揺られている彼ら。

ふと――そんな彼らの表情が、以前よりも微細に読み取れるようになっていることに気付く。

これまで意識できていなかった、細かい感情。顔立ちに滲んでいるその人の魅力や特徴。彼ら自身のあり方。

きっと、これまでの僕は、そんなものを沢山見落としてきたんだろう。

秋玻/春珂のそばで精一杯暮らしてきた。自分のあり方も、上手く見つけられずにいた。そんな僕は多分、本当に沢山のことを見落としてきたんだと思う。

大切なことも、そうでないことも、見ない方がいいものも、数え切れないくらい沢山。

これからは、それをきちんと見つけることができる。

新しい生活の中で、僕はこれまで以上に大切なことを拾い上げることができる。

けれど——少し残念だった。

これまでの生活で、見逃してしまったこと。取りこぼしてしまったもの。そういうかけがえのないものたち。

きっと、忘れていくんだろう。

今はまだ、この一年の記憶は鮮明だ。ありありと思い出せる恋の苦しさやうれしさ。彼女たちと見た景色の色合いや匂い。

そんなものを、過ぎていく時間の中で、僕はきっと忘れてしまう。

——だから、思い付いた。

一つ、やっておきたいこと。

全てが思い出になるまでに、しておきたいことを。

*

「……着いたな」

「だねー」

「お帰り、矢野(やの)」

列車の中で霧香(きりか)と別れ、僕らは西荻窪駅(にしおぎくぼえき)に降り立った。

見慣れたホームと、そこから見える西荻窪(にしおぎくぼ)、北口駅前。

聞こえる構内アナウンスと人々のざわめき、空気に漂っている春の香り——。

五感全てで、僕は感じ取る。

ここが、僕の暮らす街だ。ここで、あの子が戻ってくるのを待とうと思う。

彼女が——暦美(こよみ)が、来てくれるのを待っていよう。

駅を出て、自宅へ向かって歩き出す。

それぞれとの分かれ道で、友人たちと別れてひとりぼっちになる。

そして——僕は改めて、電車の中で決意したあること、を思い出す。

彼女たちが書いてくれた手紙。

秋玻(あきは)と春珂(はるか)が書いてくれた、僕に向けた遺書。

その長い長い、返事を書こう。

僕と彼女のためだけに、彼女たちと過ごしてきた日々を、記録に残そうと思う。

宇田路（うたろ）で暮らす彼女が、こちらでの毎日を思い出せるように——。

暦美(こよみ)へ

こうして君に手紙を書くのは、はじめてですね。

驚くかもしれませんが、僕自身こんなことを思い立った自分に驚いています。

便せんに文字を書くなんて、小学生の頃。

十年後の自分に手紙を出したとき以来かもしれません。

秋玻(あきは)、春珂(はるか)と出会ってから今日まで、どれくらいの時間が経(た)ったでしょう。

一ヶ月くらいだったようにも、一年だったようにも、十年だったようにも思います。

なぜだか僕は、あの日はじまった日常は、終わることがないのだと信じていました。

君との日々が永遠に続くのだと、無邪気に思い込んでいました。

そのせいで、きっとたくさんのことを見落としてきただろうと思います。

例えば、通学路の空に光っていた星や、鞄(かばん)を持ち直す右手や、誰かのためについた嘘(うそ)。

ボールの描く放物線や、焼却炉から昇る煙や、無意識に繰り返した口癖。

そのときにしか触れられなかったもの。

そしてすでに失われてしまったもの。

だから今それを、
最後に君と、一つ一つ思い出しておきたいと思うんです。

あとがき

二〇一七年八月二十六日が、今作のアイデアが生まれた日のようです。
今、過去の作業メモを漁(あさ)っていて、ちょうどその瞬間の書き込みを見つけることができました。そのままコピーしてみると、

二重人格！！！

二重人格
片方は親友、片方は恋人
僕はあの子に恋をしている。でも、僕がそれを打ち明ける相手は、あの子のなかにいるもうひとりで——。

こんな感じ。
二重人格と書いたあとの「！！！」と謎の改行に、当時の興奮が読み取れますね。

ただ、続いて書かれた設定は実際形になったものとは全然違うし、そもそもこのアイデアは「ちょっと不思議な恋愛のオムニバスを書きたいな」という前提で考えた、短編向けのものでした。

それがその後、五年近くも続くことになる企画になるとは。さすがに当時は予想できなかったな。もう、作家生活の半分以上の期間で、僕は「三角の距離は限りないゼロ」を書いていたことになるんですね。

ということで「三角の距離は限りないゼロ」でした。

ここまで応援してくれた皆さん、本当に本当にありがとうございました。

矢野と秋玻／春珂の関係を見届けてくれてありがとう。

スタート地点から遠く離れたこんなところまで、一緒に歩いてくれたことを嬉しく思います。この作品や皆さんがくれたもの、矢野や秋玻／春珂と過ごせた日々は、僕にとってかけがえのない宝物です。

誇張じゃなく、「三角～」は作家としての僕を全て変えてくれました。

今作を書くことができなければ、あるいは皆さんに応援いただくことができなければ、一体僕はどうなってしまっていただろう。きっと僕の人生の中で、この五年は特別で、夢みたいな時間だったんでしょうね。その余韻を、今こうしてあとがきを書きながら噛みしめています。

お陰で、最終巻も「この世で一番面白い小説なんじゃないか」と自分で思ってしまうほど、良い作品に仕上げることができました。

正直、決してわかりやすい作品ではなかったと思います。ライトノベルとしては不親切ですし、難しい箇所も面倒な箇所もたくさんあったんじゃないかな。それでも、皆さんの心の中に、何か少しでも残ったなら。あるいは、皆さんに小さな変化を生み出すことができたなら、それ以上の幸せはありません。

そうそう、それから登場人物達。矢野や水瀬さん、須藤や修司や時子や細野、そしてもちろん百瀬や霧香も。多分、普通に今後の岬作品に出演してくれるんじゃないかなと思います。もう彼らは僕にとって付き合いの長い友人のようなもので、これでお別れなんて考えられない。だから彼らとの再会も、今後の作品に期待してもらえるとうれしいです。

さて、本当に沢山のひとに支えられた今作ですが、特にお世話になった人たちにお礼を……。最近あとがきに謝辞を書くのが照れくさいのだけど、今回は書かせてください。

イラストを担当してくださったＨｉｔｅｎさん。

辛いシーンもあった今作の執筆で、Ｈｉｔｅｎさんからいただけるイラストは本当に大きな励みでした。誰がどう見たって、「三角の距離は限りないゼロ」のイラストはＨｉｔｅｎさんしかありえなかった。一緒に作ってこられたことを心から誇りに思います。あなたのイラストが大好きです。これからもよろしくお願いします。

初代担当Ｋ氏。

いやもう、えらいことになりましたね「三角～」。僕こんなになるとは思わんかったわ。でもあれですね、K氏は最初から「十万部いけると思う」って言ってましたもんね。それよりずっと大きい数字になったのはびっくりだけど。今後も一緒に面白いものを作っていきましょう。ありがとう。

新担当S氏。

すいませんねすごいところで引き継ぎになって。でも、S氏とこれから作っていける未来を楽しみにしています。どんどん進化していきましょう。ありがとう、これからもどうぞよろしく。

そして読者の皆さん。皆さんが僕らに大切な時間とものをくれました。あまりにも繰り返しになるけれど、本当にありがとうございました。これからも楽しんでもらえるよう、精一杯頑張ります。

さて。皆さんもうご存じかもしれませんが、来月九月一〇日にHitenさんとタッグを組んだ新作が発売になります。時系列的には「三角～」の三、四年後の中央線沿いを舞台とした、後継作品とも呼べる作品です。きっと、ここまで読んでくださった皆さんには楽しんでいただけるはず。このあとの先行掲載、読んでもらえるとうれしいです。

それでは、またお会いしましょう。PCの前より、色んな気持ちを込めて。

岬　鷺宮（さぎのみや）

そして、
次の「春」が始まる——。

【一千一秒物語】

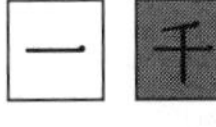
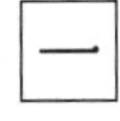

先行掲載

プロローグ ―prologue―

あした、裸足でこい。

時間がとろとろ流れる音が聞こえてきそうな放課後だった。

高一の春で、雨の上がった午後で、狭い部室に彼女と二人きりだった。

「ねえ、たとえば十年くらい経ってさ」

ふと思い付いたように、二斗が言う。

「わたしたちもとっくに高校卒業して、大学とか出てたり出てなかったり、仕事してたりしてなかったり、とにかく大人になった頃」

顔を上げ、そちらを見た。

彼女は身をかがめ、スマホと三脚の角度を調整しているところだった。

「こうやって、巡と部室で過ごしたことを、懐かしく思い出すんだろうなって思った。わたしにもそんな時期があった。それが青春だったたって」

「……なんで急に、そんなこと？」

「わかんない。けど、予感がしたんだよ」

「そして、わたしの予感はよく当たります」

視線を手元からこちらに移し、二斗は笑う。

「ふうん。じゃあ十年後まで、今の話覚えておかないとな……」

「うん、お願い。わたしは多分忘れちゃうから」

——忘れちゃう。確かに二斗は、そうなのかもしれない。

今のセリフだってただぽつりとそう思っただけ。深い意味も意図もないのかもしれない。けれど、今の俺には特別に思えて。その言葉は俺にとって大きな意味があるような気がして、たぶん、十年後も二十年後も忘れられない。

「……よし、準備完了」

一つうなずいて、二斗はピアノの前に腰掛ける。

試しに鍵盤の上に指を躍らせ、不思議な旋律を奏でる。

「じゃ、撮るからごめん。ちょっとだけ静かにしててね」

「……おう」

「……んー？　どした？」

指を鍵盤に置いたまま、二斗はこちらの顔を覗き込んだ。

「なんか巡、今日変じゃない？」

不思議そうにかしげた首。その瞳が迷いなく俺を射貫く。

「ぼんやりしてるっていうか、反応鈍いっていうか」

確かに、今日の俺は変なんだろう。手に持ったゲーム機に表示されたＦＰＳ。試合はさっきから惨敗続きで、二斗との会話だってテンポよく返せない。

全部——目の前の景色のせいだ。

暖色に滲む彼女のシルエット。素足に映えている水色のペディキュア。

指先の奏でる音階や、夕日にちらつく空気中の埃や、不確かな十年後の未来。

そういう景色の中で気持ちは溢れ出す寸前で、こみ上げるものを抑えきれそうになくて、

「……好きなんだ、二斗のこと」

気付けば、そう口走っていた。

「付き合って、もらえないかな……」

スマホのカメラは多分、すでに録画中。ばっちり撮られた。それでも止められなかった。

二斗は、短く黙ってからかすかに笑う。

「えー、この流れでそれ言う……？」

「……だよな、ごめん」

「普通もっと、かしこまって告るでしょ……」

確かに、展開が急すぎた。もっと気の利いた段取りを考えてくれればよかった。

そもそも、勢いで告白なんて迷惑だったかも。

猛烈な速度で不安が膨らむ。脳のＣＰＵが後悔に占有される。

失敗した、これは振られる……と唇を噛んだ、そのタイミングで、

「……よろしくお願いします」

二斗がそう言う。

「わたしでよければ……よろしくお願いします」

見れば――彼女は床の上でペディキュアを整列させ。

無数の光粒渦巻くその目を、真っ直ぐこちらに向けていた。

「……マジで？」

「うん」

「冗談じゃなく？」

「そんなわけないでしょ」

「俺と？」

「他に誰がいるの……」

言うと、彼女は照れくさそうにはにかんで、

「巡とだよ」

――歓声を上げた。

うれしさに踊り出しかけながら、彼女の手を握る。

「夢みたいだ。ありがとう！」

「えー、そこまで喜ぶの……？」

「当たり前だろ！　だって、彼女になってくれるんだろ!?」

「……うん。彼女になるよ。あー。これ口に出して言うと、死ぬほど恥ずかしい……」

真っ赤になった頬に手を当て、二斗は控えめにこちらを見る。

彼女はしばし、言葉を選ぶように口ごもってから、

「……これからも、よろしくね」

その表情に――俺は確信した。予感じゃない。確信があった。

これからきっと、楽しい毎日が待っている。うれしさや幸福がたくさん待ち受けている。

ここからはじまるのだと思った。俺と二斗(にと)の高校三年間が、この日この場所からはじまる。

気付けば、こう叫んでいた。

「俺たちきっと――幸せになれるよな！」

そして――、

先行掲載

第一話 Chapter1

あした、裸足でこい。

【リライト・ライト・トリートメント】

あっという間に三年が過ぎ高校生活が終わり。卒業式まで済ませちゃった今、俺は正門らへんのベンチで入学式の日を思い出していた。

「あっけないもんだったな……」

空気に霞む艶やかな香り。制服を撫でる淡い昼の日差し。

目に入るのは、春風に舞う無数の桜の花びらだ。

薄いピンクがうねり、渦を巻き、生き物のように流れていく。

その色合いに、卒業生たちの制服の黒がよく映えていた。辺りにたゆたう、映画のラストシーンじみた高揚感。

確か三年前も、入学式の日も。こんな風に、校舎は桜色と黒のコントラストに満ちていた。

「なんか、よくできた漫画みたいだよな」

隣の真琴にそう声をかけた。

「第一話と最終話のシーンがループしててさ。それだけは、この高校生活の救いかもしれん」

「それ以外の部分、全部ドブに捨てましたけどね」

景色を眺めていた真琴は、なぜか酷く愉快そうに笑った。

「イベントも高校生らしい出来事も、きれいに全部」

金色のショートヘアーを揺らし、意地悪な顔でこちらを見る真琴。

小柄な身体とセンスよく着こなされた制服。

全体的に校則違反なその格好が、意外と大人びた顔によく似合っていた。

「まあ……そうだなあ」

「でも、悪くなかったですよ。巡先輩と青春を浪費するのも」

「んー……」

真琴はもう一度笑うけれど、俺は割とストレートに凹んでいる。

もっと有意義に過ごしたかったんだ。勉強、部活。友情に……恋愛。そういうのを精一杯頑張って、高校時代というゴールデンタイムを楽しいものにしたかった。

けれど、実際は真琴の言う通りだった。こいつがこの高校に入る前の一年＋その後の二年。俺は何かに本気で取り組むこともできず、ここぞというところで全力を出すこともできず、ぬるっと過ごしてしまった。

成績は散々。友達もごく少数。誇れる思い出はほとんどない。

生まれつきのだらけ癖で、子供のときから損ばかりしている。自業自得だから文句を言う筋合いもないいんだけど。

「俺もっと、キラキラで特濃な三年にしたかったけどなあ……」

「憧れるのはわかりますけど。でも、誰もがそうできるわけじゃないですからね」

「一部のやつだけだよなあ……」

よく言われることだけど、やっぱり「頑張ることができる」のも才能だと思う。

できるやつはできるし、できないやつはできない。その差は、後天的なものもあるだろうけど結構な部分が先天的なものだろう。

もちろん、それを主張したってどうにもならないし、頑張らない理由にはならないけれど。

でも、事実そうだと思う。そして俺には才能がなかった。

「すごいやつは、マジですごいもんな……」

「ええ、わたしたちとは桁が違います」

「無限に努力し続けるもんな」

「なんであんなことできるんでしょうね」

言い合いながら、俺たちはきっと同じ「女の子」のことを意識している。

俺と真琴が所属していた、天文同好会。そのもう一人のメンバーである女の子。

――二斗。

――二斗千華。

誰よりも激動の三年間を送って、あっという間に成功して。

今では、手が届かないほどの遥か彼方に遠ざかってしまった彼女。

今日、彼女は卒業式に出席しなかった。きっと「仕事」が忙しくて、こんな行事に参加する余裕もないんだろう。

そりゃそうだ、今やあいつは実家を出て都心の寮で暮らしているらしい。学校に来るのも仕事の合間に。ネットで見たインタビュー動画で、本人がそう語っていた。

思い返せば、彼女と初めて出会ったのも入学式の日。この正門の辺りだったな……。

——わあ、ごめんなさい！　桜すごくて、前が見えなくて……。

——どうも。わたし、二斗千華（にとちか）っていいます。

ふいに——彼女の声を聴いた気がする。

あの日と同じセリフ。耳に響く、心地いい彼女の声——。

けれどそれは——、

「二斗（にと）先輩、二億再生超えですって」

——ぽろっと真琴（まこと）がこぼした声に掻（か）き消（け）される。

「……へー」

「今年の紅白候補にも、名前挙がってましたよ」

「マジか。そのレベルか」

「海外公演も決まったそうですし」

「はぇ〜……」

マヌケに相づちを打ちながら、俺は二斗(にと)の顔を思い出そうとする。

笑う彼女、怒る彼女、泣きそうな彼女。

放課後の部室で、じっと見てきたはずのたくさんの表情。

けれど、どうにもそれはうまくいかなくて、

——巡(めぐり)くん。

——坂本巡(さかもとめぐり)くん。

——へえ、素敵な名前だね。

かわりにもう一度、彼女の声が風に紛れて聞こえた気がした。

*

「ほんじゃまあ、二年間ありがとな」

「いえいえ〜。なんか先輩とは、今後も絡(から)みがありそうな気がしますし」

「それなー。うっかり大学で、同級生になったりしてな」

「先輩の方が後輩になるまであるでしょ」

「それは回避したい……」

　正門前、見送りに来てくれた真琴と最後の軽口を叩いた。

　この春から、俺は浪人生になる。

　受験勉強にもいまいち身が入らなかった結果、第一志望から滑り止めまで見事に全部落ちてしまったのだ。これもまた自業自得。でもさすがに、二浪して真琴の後輩になったりしたらマジできついな。ただでさえ残りわずかの自尊心が完全に消滅する……。

「……はあ……」

　ため息をつくと同時に、辺りを風が通り抜けた。

　花びらに視界が遮られて、もう一度懐かしい香りがして、

「二斗先輩のこと、考えてるでしょ」

　ピンポイントで真琴に言い当てられた。

「……まあな」

「情けないですねー。元カノのことをいつまでも引きずって」

「そりゃ、引きずりもするだろ」

「まあ確かに、相手があれだと仕方ないか」

　真琴の言う通り、俺と二斗はなんと一時期付き合っていた。つまりいわゆる元カレ、元カノ

の関係、ということになる。

今思えば……一目惚れだったんだろう。入学式の日、この正門の近くで偶然彼女に声をかけられた俺は、あっけなく恋に落ちてしまった。玉砕覚悟で告白するまで、そう時間はかからなかった。

彼女の長い髪が、ぱっと咲くような笑みが、メロディを歌うような足取りが、ペディキュアの水色が、今も脳裏にしっかりと焼き付いている。

「まあ、さっさと忘れて先にいきましょう」

そう言って、真琴は珍しく優しい顔で笑う。

「相手は学校中の人気者、そして今や国民的ミュージシャン。元々、我々とは住む世界が違ったんですよ」

「……だよなあ」

真琴の言う通り、二斗は俺には出来すぎた彼女だった。

自分で言うのも悲しいけど、俺は全体的にちょっと平均を下回る感じの普通男子だ。

顔は普通、性格も能力も普通、ややオタク気質な辺りも俺ら世代としてはスタンダード。だから当時から男子に大人気だった二斗が、なんで付き合ってくれたのかよくわからない。他にも言い寄ってくる男子なんていくらでもいただろうに、どうして俺を選んだんだろな。

「はあ……」

ため息をついて、校舎を見上げた。

もう一度漫画で例えるなら、俺の高校三年間もそろそろエピローグが終わる頃だ。

最後の最後まで後悔で終わるとか。俺の高校物語、何だったんだろうなあ……。

「……ん？」

隣で真琴が周囲を見回し、怪訝そうな声を上げた。

「なんだろ、みんな様子が変ですね」

「……ほんとだ」

言われて視線をそちらに向ける。

それまで会話を弾ませ、あちこちで写真や動画を撮り合っていた卒業生、在校生たち。

彼らが何やら不安げな顔で、小さくざわめき出していた。

スマホの画面をじっと見つめる者、メールを打っているのか忙しなく指をディスプレイに走らせる者。「イヤこれマジかよ」「でも確かに、最近見てないし」なんて言い合っているやつらもいる……。

なんだろ、何かデカい事件でもあったのか？　災害とか、そういうのじゃないといいけど。

「……嘘でしょ!?　なんで!?」

ふいに、卒業生の中から大きな声が上がった。

見れば——小柄で派手な女子生徒が唇を震わせている。

彼女には見覚えがあった。確か、二斗と幼なじみだという女子――。

「二十日から⁉ 一週間前じゃん！ わたし、何も聞いてない！」

それをきっかけにして、あっという間に動揺が膨らむ。

ざわめきが一層色濃くなる。

「なんだよ、どうしたんだよ……」

「……先輩」

戸惑う俺に、スマホを見ていた真琴が硬い声を上げる。

「これ……」

そう言って、彼女はその画面をこちらに向けた。

わけがわからないまま、俺は表示されているニュースサイトに目をやり、

【速報】歌手のｎｉｔｏさん、遺書を残して失踪か？


二十七日正午、歌手のｎｉｔｏさん（18）と連絡が取れなくなっていると、所属事務所のインテグレート・マグが明らかにしました。

プレスリリースによりますと、二十日に都内でリハーサルがあったのを最後にｎｉｔｏさん

との連絡が取れなくなり、一人暮らしの自宅を訪ねたところ知人に宛てたと見られる手紙が残されていたとのことでした。

すでに捜索願が出されており、警視庁ではｎｉｔｏさんの行方を捜しています。

ｎｉｔｏ

高校一年生のときに動画サイトに投稿した弾き語り動画が話題を呼び、デビューしたシンガーソングライター。

若い世代に人気があり、ミステリアスな存在感で強い影響力を持つ。

新曲は国内のみならず海外でも高い評価を得て、アメリカ、イギリス、中国などでの公演が決まっていた。

「……は？」

——理解できなかった。

書いてあることはわかる。言っている意味もわかる。

けれど——現実のこととしてうまく呑み込めない。

二斗(にと)が、失踪。

一週間連絡がつかない。

自宅には遺書――。

「と、とりあえず、通話とかかけてみましょうか」

硬い声でそう言い、真琴はディスプレイに指を走らせはじめた。

その指先は小さく震えていて、彼女が珍しく動揺しているのを理解する。

「ほら、その。誤報かもしれないですし……」

二斗の連絡先を呼び出し、通話ボタンを押す真琴。

スマホを耳に押し当て短い間待ってから、

「……ダメだ、繋がらないです」

顔を上げ、縋るように俺を見た。

「どうしましょう。わたしたち、どうすれば……」

返事さえできなかった。

脳裏をよぎっていくのは、彼女との思い出たちだ。

いつも笑っていた二斗。頑張り屋だった二斗。人なつっこくてずぼらなところもあって、そんな彼女の魅力にふさわしい舞台に進んでいった二斗。

――楽しみだね、高校生活。

——三年間よろしくね、巡くん。

彼女の声が、頭の中で響く。

「……先輩？　どこ行くんですか⁉」

気付けば、俺は歩き出していた。

自然と足が、『ある場所』に向かっている。

そんなことをしてる場合じゃないのかもしれない。そこに行ったって、意味があるわけじゃない。それでも——なぜか止められなかった。

少しでも、二斗の存在を感じたかった——。

「ねえ、先輩！　待ってください！」

おろおろとついてくる真琴に言葉を返さないまま、俺はぼう然と校舎へ向かった——。

＊

俺が足を止めたのは、天文同好会の部室。

俺と二斗と真琴が入り浸っていた、小さな部屋の前だ。

不用心にも鍵は開いていて、俺はふらふらとその中に入る。

真琴もそれに続いた。

「……先輩」

「どうしてだよ……」

身体から力が抜けるのを感じながら。

気遣わしげな真琴に返事もできないまま、そばの椅子に崩れるように腰掛けた。

「失踪って、どういうことだよ……」

信じられなかった。

「しかも、遺書なんて……」

記憶の中の彼女と報道内容。それが今も、どうしても嚙み合わない。

この部屋で、彼女とはたくさんの時間を過ごしてきた。

顔を上げ周囲に目をやる。

並んでいる学校の備品たち。鉱石の資料やまだドイツが東西に分かれている世界地図。壊れたラジカセと落書きだらけの机と、埃を被った石膏の胸像。

天文同好会部室ではあるけれど、それ以上にここは「不用品置き場」として使われていて、カビ臭い空気の中に多数の古ぼけた荷物が安置されている。天文同好会の備品なんて、望遠鏡と星図盤くらいのものだ。

そして——ピアノ。

部屋の隅に置かれた、アップライトピアノ。

俺の視線は、自然とそこに引きつけられる。

活動初期の頃、二斗（にと）はそこにあるピアノで曲を作り、弾き語りし、動画を撮ってサイトにアップしていた。今となっては——彼女の一部みたいに、抜け殻みたいにも感じるそれ。

「……先輩」

いたわるような声で、真琴（まこと）が俺に呼びかける。

「ひとまず落ち着きましょう。飲み物とか、買ってきましょうか？」

「いや、いい……」

何かを飲む気にはなれなかった。

俺にできることはないのか。一瞬そう思うけれど、すぐに「あるはずない」と思い返す。警察がすでに動いているんだ。余計なことをしたって邪魔になるだけだ。

だからせめてこの場所で——俺は二斗（にと）のことを思い出そうとする。

あいつの顔、言葉。過ごしてきた時間。

目に焼き付けたはずの景色や、繰り返し聴いたはずの歌声。

簡単なことのはずだった。二人でいるとき、俺は何度も「この景色、ずっと忘れないだろうな」と思った。

なのに、

「……あれ？」

——ぼやけている。

俺の中で——彼女との記憶が薄れつつあった。

「思い出せない……」

手探りで思い出を手繰るけれど、間違いない。

付き合いはじめてから、もうすぐで三年。関係の自然消滅からは二年近く。それだけの時間を置いて、二斗との毎日は「過去」になりはじめていた。

「嘘だろ、忘れるなんて。……そうだ」

ふと思い付き、縋るようにピアノの前に移動した。

ふたを開き、薄汚れた鍵盤に手を伸ばす。

そして——、

「……先輩」

——ゆっくりと、二斗の曲のメロディを探りはじめた。

ピアノなんて、ほとんど弾いたことがない。音楽だって詳しい方じゃない。

それでも——一音ずつ、二斗が歌っていた旋律を探していく。

そうしないと、消えてしまう気がした。

俺の記憶と一緒に、彼女の存在が消えてしまう気がした。

何度も間違えながら、彼女の歌をピアノで追う。最初はうまくいかないけれど、徐々にそれは形になっていって、

「……よく覚えてますね」

隣で、真琴が苦しそうに笑った。

「わたしその曲、ほとんど忘れてました」

「好きだったんだよ、これが一番」

たどたどしくキーに指を置きながら、俺は答える。

「頭にずっと、残ってたんだ」

気休めのようにそう言ってみるけれど、結局俺はわかってなかったんだろう。

俺は、きっと二斗のことがわかっていなかった。

彼女がいつか、こんな風に追い詰められること。姿を消してしまうこと。そんな気配を、一度も感じたことがなかった。彼女はそんな悲劇からは、遠いところにいる女の子だと信じ込んでいた。

もしも、それに気付けていたら。

二斗のことをもっと理解していたら、未来は変わっていたんだろうか。

俺は、二斗の苦しみをやわらげることができただろうか——。

「……やっぱり、好きなんですね」

なぜか真琴は、諦めるような口調で言った。

「今も、二斗先輩のこと」

「……ああ、そうだな」

俺ははっきりと、真琴にうなずいてみせた。

「多分、そうなんだと思う」

そして——俺はメロディを弾き終える。

真琴に、本心を打ちあける——。

「俺は、二斗のことが今も——」


——瞬間。

光が視界を覆った。


「……ん!?」

眩い一瞬の閃光。

真っ白なそれに、俺は反射的に目をつぶる。

数秒後。網膜に焼き付いたそれが消え、恐る恐るまぶたを開けると、

「……え?」

――暗がりに浮かんでいた。

それまでの景色はどこかに消え、果てのない真っ暗な空間に俺は浮かんでいる。

重力をまったく感じない。暑さも寒さもない。すべてがゼロの感覚。

見れば、身体の周囲をいくつかの光が回っている。

公転する惑星たちのような、速度も大きさも違う眩い灯り。

「なんだ、これ……」

戸惑う俺をよそに、灯りたちは徐々にその回転速度を上げていく。

光が渦になり、俺の周囲を高速で回り――ピンクの光に、視界が覆い尽くされる。

「これは……」

なぜか、懐かしい景色だった。何が起きているのかわからない。

それでもなぜか、心落ち着く光景――。

一瞬の間を置いて――気付いた。

――桜だ。

大量の、桜の花びらが舞っているみたいだ。

気付けば、むせかえるような花の香りがする。

暖かい春の風が肌を撫でた気がする。

そして――どん、と。胸に何かが当たった。

「——わあ、ごめんなさい！」

声がした。

「桜すごくて、前が見えなくて……」

——聴き慣れた声だった。
かつてずっとそばにあった、とても大切に思っていた誰かの声。
風が止み、桜吹雪が収まる。
重力が戻りはらはらと花びらが足下に落ち、視界が開ける——。

目の前に——女の子がいた。
長い黒髪を手で押さえ、明るく整った顔に笑みを浮かべる彼女。
すらっと伸びた背筋。細い指。ピカピカのローファーの爪先。

「どうも。わたし、二斗千華っていいます」

彼女は、俺にそう言った。

「君も、一年生だよね？」

漆のように艶めく黒髪。清楚でありながら好奇心旺盛そうな目、陶器のような鼻筋。明るい色の薄い唇――。

――二斗だった。

見間違うはずもない。

紛れもなく――二斗千華が目の前にいた。

「……は？」

思わず、辺りを見回した。

気付けば俺は――俺たちは、正門のそばに立っている。

公立校特有の古びて苔むした門構え。その近くの殺風景な車回し。向こうには創立五十年になる我ら天沼高校の昇降口と、同じく稼働歴五十年になるだろう噴水が見える。

周囲には同じ制服の生徒たちが集まり、保護者らしき大人たちも彼らのそばにいた。

浮かれたざわめきと、辺りに漂う祭りの日のような高揚感——。

この景色は、見たことがある。

入学式だ。

三年前、俺と二斗が出会った入学式の日——。

「……ねえ」

怪訝そうに、目の前の二斗が俺の顔を覗き込む。

「どうしたの？　ぼーっとして……」

「あ、ああ……」

俺は小さく咳払いすると、わけのわからないまま答える。

「一年、だよ。坂本巡って、いいます……」

そう言ってから、それが三年前の自分とまったく同じセリフなのに気が付いた。

そうだ、あのとき。入学式の日、桜吹雪の中で俺と二斗はぶつかった。

それが、すべてのはじまりだった——。

「巡くん。坂本巡くん」

口の中で転がすように、二斗は俺の名前を繰り返した。

「へえ、素敵な名前だね」

そう言って、笑う二斗。

その表情を見て――俺はようやく理解した。

――幻覚だ。

これは、二斗失踪でショックを受けた俺が見ている、ただの幻覚なんだ。

その証拠に――三年前、そのままなのだ。

見える景色も二斗のセリフも、今はいているローファーの硬さもそう。

すべてが、三年前の再現だ。

よく見れば、二斗も最近の彼女に比べるとずっと垢抜けない。高校三年間であいつはぐっとお洒落になったけど、今目の前にいるのは一年生のとき。中学生の雰囲気を残した頃の二斗だ。

そして俺も、完全に当時の俺に戻っている。

髪を切りすぎてちょっと寒い頭と、新品の鞄。制服はゴワゴワするし、なんだかサイズも大きい。確か、背が伸びるのを見越してワンサイズ大きいのを買ったんだった。

これはつまり――幻覚だからだろう。俺が俺の記憶の中から、都合のいい部分を再生している。そうやって、ショックから自分自身を守ろうとしている――。

「そっかー、そういうことか……」

理解ができると、ずいぶん気持ちが落ち着いた。

幻覚なら、目の前に二斗がいるのも当然だ。一瞬何が起きたのかと思ったけど、わかってみれば簡単な話だった。

まあ、それにしてもずいぶん解像度の高い幻覚だ。周りにいる生徒一人一人もちゃんと三年前に戻ってるし。なんなら転勤してすっかり忘れてた先生も見える。

でも、多分そういうこともあるんだろう。実は俺、こう見えて「ずば抜けた記憶力」を隠し持っていたのかもしれん。

「──千華ー！」

「はーい！」

どこかで二斗を呼ぶ声がして、彼女がそれに答える。

「ごめん、わたし行かなきゃ」

「うん、そっか」

「楽しみだね、高校生活。三年間よろしくね、巡くん」

それだけ言うと、二斗はこちらに手を振り声の方へ駆けて行った。

そして、俺は思い出す。

ああ、そうだ──俺はその手を振る仕草に。

その軽い足取りに、一発で恋に落ちたんだ──。

＊

「――にしても長すぎだろ、この幻覚！」

その後の入学式とクラスでのオリエンテーションを終え。

ようやく解放された俺は、廊下を歩きながら独りごちていた。

最初のうちは、良い幻覚だなと思っていた。二斗ともう一度会えたわけだし、あの頃のことを思い出すこともできた。

おかげで気持ちは落ち着いたし、現実に戻ったらさっきよりは冷静に行動できるとも思う。

けれど――幻覚がはじまって、もう体感三時間くらいが経っている。

どういうこと？　こんなに長く幻覚見ることある？　もしかして、俺現実で失神してたりするんじゃないの？

それに、

「いちいちリアルすぎなんだよな。ほぼ現実じゃねえかこれ……」

あまりに現実的なのだ。

細部がはっきりしすぎなのだ、この幻覚は。

これが5Kってやつ？　普通こういうのって、色んな部分がぼやけたりしてるもんじゃないの？

あんまりリアルなものだから、現実での失敗を取り返したりもしてみた。たとえば、クラスでの自己紹介。三年前はウケを狙ってダダ滑り。結果、高校生活スタートからいきなりクラスで浮くことになったので、この幻覚では無難な自己紹介にとどめておいた。

さらにその後、親に記入してもらうプリントを学校に忘れて帰り、担任に結構な勢いで叱られるというイベントがあったのを思い出し、きちんとそれも鞄にしまった。

これで幻覚の中の俺は、リアルよりましな新生活のスタートが切れるだろう。俺に幸あれ。

逆に、改めて現実を再認識したところもある。

「二斗は……やっぱりすげえなあ」

同じクラスになった二斗。リアルと変わらず、あいつは「スーパーヒロイン」ぶりを発揮していた。

入試で最も良い成績だったこともあり、入学式では新入生代表挨拶を担当。

教室でもさっそくクラス委員に任命され、初日から堂々とクラスメイトに挨拶をしていた。

同級生には分け隔てなく接し、そのうえ美人だから多数の男子から注目を浴びていて、教師からも明らかに信頼されていて、

「そうだよな、最初からそんな感じだったよな、あいつ……」

その懐かしさに、俺は思わずそうこぼしてしまう。

まだ、二斗がｎｉｔｏではなかった頃。俺のそばにいて、笑ってくれていた頃。

二度目だというのに。すでに予習済みだというのに、相変わらず彼女は酷く眩しい。

そういうことを、俺は久しぶりに思い出していた。

ただ、ちょっと違う「一面」も、そろそろ見えてくるはずだ。

「で……今あいつは、ここにいるはずなんだよな」

つぶやいて、俺はとある部屋の前で立ち止まる。

――天文同好会部室。

入学式の日。現実でも、俺はここで彼女と再会したのだった。

天文学に興味があって。いつか学者になりたくて。そんな夢を抱いていた俺は、高校時代を有意義にするためにも天文同好会に入会しようと考えていた。

そしてその部室で――意外な形で二斗と会う。

「……よし」

自分の中で、小さく気合いを入れる。

ドアに手をかけ、勢いよくそれを開いた。

するとー
「……へ？」

案の定、二斗がいた。

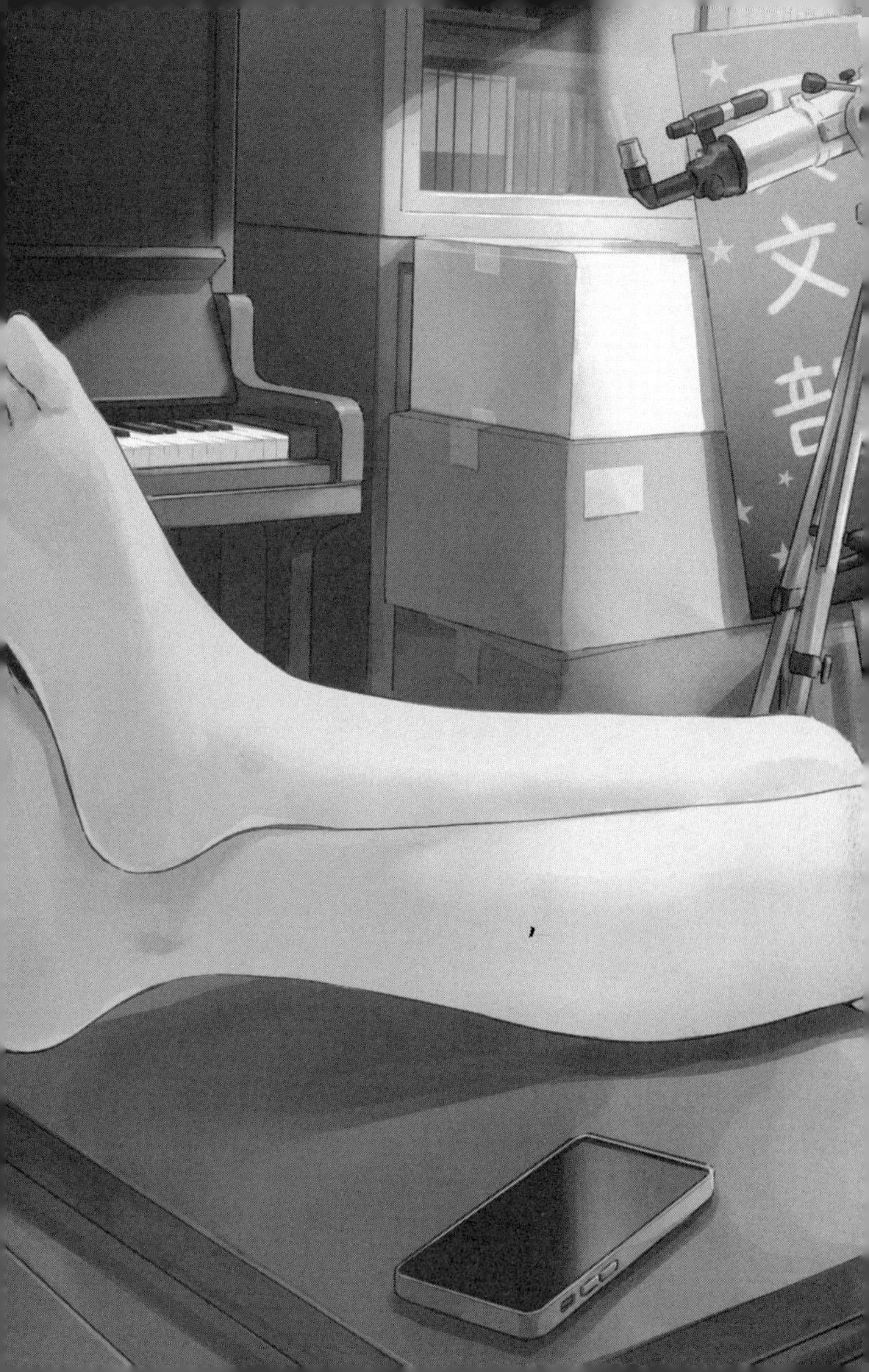

文

古ぼけた部屋の中、置いてあった椅子に腰掛けている。

さっきも教室で何度か見とれてしまった綺麗な黒髪。

白い頬と丸い目が、放課後の陽光を乱反射して見えた。

ただ——その体勢は、クラスでの印象を大きく裏切る。

まず、校内履きと靴下を脱いでいる。

そのうえ裸足の足を組み、向かいの机にでーんと載せている。

あげくの果てに、スカートの中のハーフパンツが丸出しになっている。

——お行儀が悪かった。非常にだらしない体勢で、二斗はそこにいた。

極めつけに、その手にはゲーム機があって、何やらFPSをプレイ中だったようで、完全にそれに気を取られていたらしくて、

「——うわっ!」

ひっくり返った。

派手な音をたてて、二斗は椅子ごとひっくり返った。

「だ、大丈夫かよ!?」

「いったー……」

慌てて駆け寄り、手を伸ばした。

二斗はしかめ面でそれを握り返し、ふらふらとその場に立ち上がる。

「あー。ごめんごめん、変なとこ見せて。巡くん？　だったよね」

「うん。というか、こっちこそ急に入ってごめん。まさか、いるとは思わなくて……」

「だよね、あはは」

言い合いながら、もう一度不思議な気分になる。

幻覚にしては、本当にリアルすぎないか、これ……。

「いやあ、まずいところを見られたなあ」

酷く打ったらしい、二斗はお尻をさすりながら苦笑する。

「隠すつもりだったんだけどな、こういうとこ」

「……ふふ、初日から災難だな」

やりとりの懐かしさに、思わずちょっと笑ってしまった。

現実の、現在の二斗からは想像もつかない姿だ。

あの天才歌手ｎｉｔｏが。優等生の二斗さんが、部室で気だるげにゲームやってるなんて。

「あれ。驚いてないの？」

と、二斗が不思議そうな顔で俺の顔を覗き込む。

「わたし、教室とはキャラ違いなとこ見せちゃったけど」

「……あ、ああ！　そうだよな！」

今さらになって、俺は慌てたリアクションをする。

「いや、びっくりしたよ！　その、さっきまでのイメージと全然違うから！」

「だよねぇ」

言って、二斗は苦笑いする。

そして、彼女はペディキュアの爪先をもじもじ動かし、

「学校では、ちゃんと優等生しようと思ったんだけどなあ」

そう――こんな子だった。二斗千華は、こういう女の子だった。

俺の知る二斗は、いくつかの顔を持つ。

まず、教室での優等生としての二斗。成績優秀、容姿端麗、清廉潔白な学校のヒロイン。男女問わず憧れの視線を一身に受ける、完全無欠の女の子、二斗千華。

そして次に、歌手としての二斗。

ノスタルジックな部室の景色を背景に歌う「陰のある天才」。世間一般がイメージする、ミステリアスなミュージシャンnito。

最後に――この部室にいるときの二斗だ。

ざっくばらんでめんどくさがりな、ちょっとだらしない女子高生。親しみやすい等身大の女の子、二斗。

きっと、すべてが本物なのだろう。二斗は色んな一面を持つ女の子で、そのすべてが嘘ではない。けど俺としては、目の前にいるずぼらな二斗が一番接しやすかった。

「あ、ていうか巡くん。天文同好会入りたい感じ？」

「うん、そのつもりだったんだけど」

「そっかそっか。わたしもなんだ。まあ、天文学に興味ないし、ただこの部屋使いたかっただけなんだけど」

言って、二斗はいたずらに笑う。

「卒業生の姉がいてさ。今年空き部屋になる部室があるって教えてもらって」

「で、さっそくお邪魔してダラダラしていたところを、俺に見つかったと」

「だねー」

へへへ、と笑いながら、二斗は俺にドンと肩をぶつけ、

「だって、初日から誰か来るなんて思わないでしょ。失敗したなあ」

――そんな彼女の表情が。

気安いスキンシップと鼻をくすぐったシャンプーの香りが、どうしようもなく懐かしくて、

「まあ……色々とうまくいかないもんだよな」

ピアノの方に歩きながら俺は自嘲してしまう。

少しだけ、話をしたい気分になった。

「俺もさあ、このときは色々期待してたんだ。良い高校生活を送って、たくさん思い出を作って、夢にも近づこうって」

――鍵盤に、指を乗せる。

優しく力を入れると、放課後の校舎に素朴なラの音が響いた。

「でも気付けば、何もできないまま終わってたよ。後悔だらけだ。そうなるってわかってたのに、俺は変われなかった」

「……どういうこと？」

怪訝な顔で、二斗は俺を見ている。

「終わってた？　変われなかった？」

「そうだよな、そういう反応になるよな」

こんなにリアルな幻覚なんだ。

ここだけ都合よく、二斗が俺の後悔の内容を知っていることにもならないだろう。

手慰みに、鍵盤でまた二斗の曲をたどりはじめる。

「……ッ！」

――二斗が、その目を見開いた。

……そっか、そんな反応になるんだ。

この頃の二斗は、まだこの曲を作っていない。自分が後に作るメロディを、目の前の男子が弾いている。俺はミュージシャンじゃないから想像はしきれないけれど、きっとそれは不思議な感覚なんだろう。

「でもまあ……もう一度会えてよかった」

そう言って、俺は目の前の二斗に笑ってみせる。

「最後に、幻覚でも二斗に会えてよかったよ」

「……それって、どういう――」

二斗が口を開いたタイミングで、メロディを弾き終えた。

瞬間――。


――閃光が視界を覆った。

一瞬置いて――辺りが真っ暗になる。

そして、身体の周囲を回りはじめる光たち――。

「……!?」

幻覚を見はじめたときと同じ、不思議な景色。

そして、光の回転速度が上がり、目の前を真っ白に塗りつぶしていき――、

「……先輩？　先輩!?」

まず、そんな声が耳を打った。

「どうしたんですか？　急に、ぼーっとして……」

「あ、ああ……」

気付けば、真琴が目の前にいる。

見回すと――見慣れた部室の風景だ。

ただ、さっきまで二斗といた部室とは、置かれている備品がちょっと異なっている。

地図もラジカセもほんの少しだけ古びて、カーテンの日焼けも進んでいる。

そして何より、身体に馴染んだ制服。その胸につけられた、卒業生用の小さな花飾り――。

――幻覚が、終わったんだ。

二斗の失踪という現実を前に、ショックを受けた俺が見た白昼夢。

それが終わり、現実に戻ってきた――。

「……いやごめん、なんでもない」

「そうですか？　なら、いいですけど」

「うん、心配かけてごめんな。じゃあ、さすがにそろそろ帰るか」

「そうしますか」

言い合って、俺たちは部室を出る。

昇降口で靴にはきかえ、まだたくさんの生徒が残る正門へ向かう。

いつだって、夢の終わりはやるせない。もう少し二斗と話したかった。言いたいことも聞きたいこともあった。できれば、謝りたいとも思っていた。

けど……うん。気持ちは十分落ち着いたな。

「……ふう」

深呼吸すると、うっすらと甘い香りが鼻をかすめた。

これ以上、じたばたしたって仕方がない。

俺にできることはないのだし、静かに報道の続きを待とう。

それをただ、受け入れる他ない。

結果がどうであれ――多分二斗が、俺の人生に関わることはもうないんだから。

*

「……あ、いたいた、坂本！」

正門に近づいたところで。ふいに、そばにいた卒業生の一人から声をかけられた。

見れば、一年、三年のときに同じクラスだった男子、西上だ。

周囲にはその友人数人もいる。

彼らは気遣わしげに俺たちに近づき、

「お前……大丈夫かよ？」

「元カノが、あんなことになって……」

「五十嵐さんとか、過呼吸で救急搬送されたし……俺ら、心配で」

「あ、ああ……」

口々にそう尋ねられ、反射的に戸惑ってしまった。

「まあ、そうだな。正直ビビってるけど……」

五十嵐さん、さっき声を上げていた女子だ。

あの子倒れたのか。本当に大ごとになってきたな……。

そして、そういうこと以前に……この西上たちには、ちょっと苦い思い出があった。

例の、入学式の日の自己紹介。リアルで滑り倒したあの一件をきっかけに、この西上グループと仲良くなるのに失敗したんだ。その直前までちょこちょこ話もしていたのに、ダダ滑り以降なんとなく距離ができてしまった。悪いやつらじゃないんだけど、俺が「かなりの変わり者」に見えたらしい。まあそりゃそうだろう、初っぱなからあれだけ失敗すれば。

そしてそれが俺の高校生活、つまずきの第一歩だった。以降、延々つまずき続ける最初のきっかけになった。

だから、こうして話しかけられても、どうにも微妙な気分になってしまう。

それに、引っかかることはもう一つ。

「俺、西上たちに、二斗と付き合ってたこと言ったっけ……？」

そういうことを、明かさなかった気がするのだ。

別に隠したりもしなかったけれど、二斗(にと)と俺が付き合っていたことは周囲の限られた生徒しか知らないはず。なんとなく、自分からわざわざ言って回るのも恥ずかしくて。

なのに、なんでさほど交流もなかった西上(にしがみ)が知ってるんだ？　もしかして、気付かなかっただけで結構噂(うわさ)になってたんだろうか。

「……いやいやいや」

西上(にしがみ)は、けれど「嘘(うそ)だろ？」みたいな顔で笑っている。

「お前、一年のとき散々俺らに相談しただろ。デートはどこに行けばいいかとか、服は何を着ればいいか、とか」

「……は？」

「な、弁当一緒に食いながら、相談風自慢されたよな」

「独身貴族の俺らに見せつけやがってさー」

小さく笑い合っている西上(にしがみ)たち。

けど——俺らに相談？　弁当一緒に食いながら？

していない。そんなことしていない。

「まあとにかく、なんかあれば俺らに言えよ」

西上(にしがみ)は、俺の肩にぽんと手を置き生真面目な顔をする。

「できることはそんなにないけど、相談くらいは乗れるからさ」

「うん、遠慮すんなよ」「それじゃな……」

それだけ言って、彼らは正門を出ていく。

その背中を見送りながら。俺は半ばぼう然としながら。

それでも必死に、頭の中で会話を情報整理して——、

「……過去が、書き換わってる？」

気付けば、そうつぶやいていた。

「いや、そうとしか思えないよな……」

確かに、俺は自己紹介でダダ滑りした。その後、西上(にしがみ)たちとはほとんど会話もせず今日に至っている。絶対に、相談だとか弁当一緒になんてありえない。

けれど——幻覚の中で。あの妙に鮮明すぎる幻の中で、俺は自己紹介の失敗を回避した。

だとしたら……今俺がいるのは、あの未来じゃないのか？

ついさっきまで見ていた夢の、その先にいるんじゃないのか……？

「……先輩」

そのタイミングで。隣で不安げにやりとりを見ていた真琴(まこと)が声を上げる。

「おう、どうした？」

「わたし、おかしいんです」

「何が？」

「記憶が、変わりました」

「……は？」

思わず、彼女の方を見た。

「先輩は、クラスにほとんど友達もいなかったはずです。だから、昼休みも部室に来たりしてて、わたしもそれに付き合った。なのに……先輩が、ピアノを弾いたとき。さっき部室で、二斗(にと)先輩の曲を弾いたとき……ふっと記憶が変化したんです」

そして、真琴(まこと)は視線を酷(ひど)くさまよわせてから、

「先輩に、普通に友達がいて。お昼も彼らと食べていた記憶に……」

——その言葉に。

真琴(まこと)のセリフに、俺の中で仮説が生まれる。

さっき見ていたのは、幻覚だと思っていた。

俺の願望が見せた、儚(はかな)い夢なんだと思っていた。

けれど——こんな風に、実際に過去が書き換わったなら。

現実が、その幻に合わせて変わったなら——、

「……俺、三年前に戻ったのか？」

そんな言葉が、唇からこぼれた。

「二斗と出会った頃に……一年の頃に戻ったのか？」

そうだ、そういう風にしか思えない。ＳＦ小説や漫画で見かける「時間移動」。それが俺に、発生したんじゃないのか？

部室で二斗の曲を弾いたときに、何か不思議な力が働いた。

そして俺は一年の頃に戻り、事実を小さく書き換えた——。

「……だとしたら」

そこまで考えて、頭の中にある「アイデア」が浮かぶ。

「もう一度、あの頃に戻れるんだったら。最初から、すべてを書き換えられるなら……」

胸に芽生えた希望。何の根拠もない期待。

俺はそれを、確かめるように小さく口に出した。

「俺……二斗を助けられるんじゃないのか？」

STORY

卒業式、俺は冴えない高校生活を思い返していた。成績は微妙、夢は諦め、恋人とは自然消滅。しかも彼女は今や国民的ミュージシャン。すっかり別世界の住人になってしまったみたいだった。

だがその日。その元カノ・二斗千華は遺書を残して失踪した。

呆然とする俺は……気づけば入学式の日、過去の世界にタイムリープしていた。

この世界でなら、二斗を助けられる？

……いや、それだけじゃ駄目なんだ。今度こそ対等な関係になれるように。彼女と並んでいられるように。俺自身の三年間すら全力で書き換える！

卒業から始まる、青春やり直しラブストーリー。

この後は……。

真琴の協力を受け、「二斗救出計画」を立てた巡。
まずは、天文同好会を存続させ、二斗の居場所を作ることに。
部員集めに奔走するも、そう簡単には集まらず……。

二度目の青春、
巡は二斗に「一歩」近づけるのか――。

坂本巡（さかもとめぐり）

全体的にちょっと平均を下回る普通男子。
天文学者志望で「時間移動」をロジカルに
分析しようとする。

二斗千華（にとちか）

教室では優等生で、未来ではミステリアスな
天才ミュージシャンとして活躍。本当は
ちょっとルーズで、親しみやすい女の子。

六曜春樹（ろくようはるき）

強面だが、硬派で頼りがいのある、
ハイカーストな先輩。未来では、
二斗と因縁があったようで……。

芥川真琴（あくたがわまこと）

気の置けない悪友みたいな後輩。
クールでたまに辛辣な、
サブカル女子。

五十嵐萌音（いがらしもね）

二斗の幼馴染のギャル系女子。
二斗にやや依存しがちなところがあり、
悩んでいる。

◉岬 鷺宮著作リスト

「失恋探偵ももせ1〜3」（電撃文庫）
「大正空想魔術夜話 墜落乙女ジェノサヰド」（同）
「魔導書作家になろう！1〜3」（同）
「読者と主人公と二人のこれから」（同）
「陰キャになりたい陽乃森さん Step1〜2」（同）
「三角の距離は限りないゼロ1〜8」（同）
「日和ちゃんのお願いは絶対1〜5」（同）
「空の青さを知る人よ Alternative Melodies」（同）
「恋は夜空をわたって」（同）
「失恋探偵の調査ノート〜放課後の探偵と迷える見習い助手〜」（メディアワークス文庫）
「放送中です！にしおぎ街角ラジオ」（同）
「踊り場姫コンチェルト」（同）
「僕らが明日に踏み出す方法」（同）

本書に対するご意見、ご感想をお寄せください。

ファンレターあて先
〒102-8177　東京都千代田区富士見2-13-3
電撃文庫編集部
「岬 鷺宮先生」係
「Hiten先生」係

本書は書き下ろしです。

電撃文庫

三角の距離は限りないゼロ8

さんかく きょり かぎ

みさき さぎのみや
岬 鷺宮

2022年8月10日　初版発行

発行者　青柳昌行
発行　株式会社KADOKAWA
〒102-8177　東京都千代田区富士見2-13-3
0570-002-301（ナビダイヤル）
装丁者　荻窪裕司（META＋MANIERA）
印刷　株式会社暁印刷
製本　株式会社暁印刷

●お問い合わせ
https://www.kadokawa.co.jp/（「お問い合わせ」へお進みください）
※内容によっては、お答えできない場合があります。
※サポートは日本国内のみとさせていただきます。
※ Japanese text only

※定価はカバーに表示してあります。

ISBN978-4-04-914030-9　C0193　Printed in Japan

電撃文庫　https://dengekibunko.jp/

電撃文庫創刊に際して

文庫は、我が国にとどまらず、世界の書籍の流れのなかで〝小さな巨人〟としての地位を築いてきた。古今東西の名著を、廉価で手に入りやすい形で提供してきたからこそ、人は文庫を自分の師として、また青春の想い出として、語りついできたのである。

その源を、文化的にはドイツのレクラム文庫に求めるにせよ、規模の上でイギリスのペンギンブックスに求めるにせよ、いま文庫は知識人の層の多様化に従って、ますますその意義を大きくしていると言ってよい。

文庫出版の意味するものは、激動の現代のみならず将来にわたって、大きくなることはあっても、小さくなることはないだろう。

「電撃文庫」は、そのように多様化した対象に応え、歴史に耐えうる作品を収録するのはもちろん、新しい世紀を迎えるにあたって、既成の枠をこえる新鮮で強烈なアイ・オープナーたりたい。

その特異さ故に、この存在は、かつて文庫がはじめて出版世界に登場したときと、同じ戸惑いを読書人に与えるかもしれない。

しかし、〈Changing Times,Changing Publishing〉時代は変わって、出版も変わる。時を重ねるなかで、精神の糧として、心の一隅を占めるものとして、次なる文化の担い手の若者たちに確かな評価を得られると信じて、ここに「電撃文庫」を出版する。

1993年6月10日
角川歴彦